U0088071

背包客的 菜日文 自由行

從50音進階旅遊會話快速通
即時翻馬上用

國家圖書館出版品預行編目資料

背包客的菜日文自由行 / 雅典日研所編著

--二版. -- 新北市：雅典文化，民109.07

面； 公分. -- (全民學日語；57)

ISBN 978-986-98710-5-1(平裝附光碟片)

1. 日語　2. 旅遊　3. 會話

803.188　　　　　　　　　　109006386

全民學日語系列 57

背包客的菜日文自由行

企編／雅典日研所
責任編輯／許惠萍
內文排版／鄭孝儀
封面設計／宋昀儒

法律顧問：方圓法律事務所／涂成樞律師

總經銷：永續圖書有限公司
永續圖書線上購物網

www.foreverbooks.com.tw

出版日／2020年07月

ａ 雅典文化

出版社　22103　新北市汐止區大同路三段194號9樓之1
TEL　(02) 8647-3663
FAX　(02) 8647-3660

版權所有，任何形式之翻印，均屬侵權行為

50音基本發音表

清音

あ ア	い イ	う ウ	え エ	お オ
阿 a	衣 i	烏 u	せ e	歐 o
か カ	き キ	く ク	け ケ	こ コ
咖 ka	key ki	哭 ku	開 ke	口 ko
さ サ	し シ	す ス	せ セ	そ ソ
撒 sa	吸 shi	思 su	誰 se	搜 so
た タ	ち チ	つ ツ	て テ	と ト
他 ta	漆 chi	此 tsu	貼 te	偷 to
な ナ	に ニ	ぬ ヌ	ね ネ	の ノ
拿 na	你 ni	奴 nu	內 ne	no no
は ハ	ひ ヒ	ふ フ	へ ヘ	ほ ホ
哈 ha	he hi	夫 fu	黑 he	吼 ho
ま マ	み ミ	む ム	め メ	も モ
媽 ma	咪 mi	母 mu	妹 me	謀 mo
や ヤ		ゆ ユ		よ ヨ
呀 ya		瘀 yu		優 yo
ら ラ	り リ	る ル	れ レ	ろ ロ
啦 ra	哩 ri	嚕 ru	勒 re	摟 ro
わ ワ		を ヲ		ん ン
哇 wa		喔 o		嗯 n

濁音、半濁音

が ガ	ぎ ギ	ぐ グ	げ ゲ	ご ゴ
嘎 ga	個衣 gi	古 gu	給 ge	狗 go
ざ ザ	じ ジ	ず ズ	ぜ ゼ	ぞ ゾ
紫 za	基 ji	資 zu	賊 ze	走 zo
だ ダ	ぢ ヂ	づ ヅ	で デ	ど ド
搭 da	基 ji	資 zu	爹 de	兜 do
ば バ	び ビ	ぶ ブ	べ ベ	ぼ ボ
巴 ba	逼 bi	捕 bu	背 be	玻 bo
ぱ パ	ぴ ピ	ぷ プ	ぺ ペ	ぽ ポ
趴 pa	披 pi	撲 pu	呸 pe	剖 po

拗音　　　　　track 004

きゃ キャ	きゅ キュ	きょ キョ
克呀	Q	克優
kya	kyu	kyo
しゃ シャ	しゅ シュ	しょ ショ
暇	嘘	休
sha	shu	sho
ちゃ チャ	ちゅ チュ	ちょ チョ
掐	去	秋
cha	chu	cho
にゃ ニャ	にゅ ニュ	にょ ニョ
娘	女	妞
nya	nyu	nyo
ひゃ ヒャ	ひゅ ヒュ	ひょ ヒョ
合呀	合瘀	合優
hya	hyu	hyo
みゃ ミャ	みゅ ミュ	みょ ミョ
咪呀	咪瘀	咪優
mya	myu	myo
りゃ リャ	りゅ リュ	りょ リョ
力呀	驢	溜
rya	ryu	ryo

ぎゃ ギャ	ぎゅ ギュ	ぎょ ギョ
哥呀	哥瘀	哥優
gya	gyu	gyo
じゃ ジャ	じゅ ジュ	じょ ジョ
加	居	糾
ja	ju	Jo
ぢゃ ヂャ	ぢゅ ヂュ	ぢょ ヂョ
加	居	糾
ja	ju	jo
びゃ ビャ	びゅ ビュ	びょ ビョ
遍呀	遍瘀	遍優
bya	byu	byo
ぴゃ ピャ	ぴゅ ピュ	ぴょ ピョ
披呀	披瘀	披優
pya	pyu	pyo

使用說明

50 音範例

↓ ↓

平假名／片假名

實用單字範例

日文單字　　　　中譯

↑　　　　　　　↑

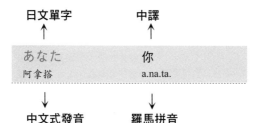

あなた　　　　　　你
阿拿搭　　　　　　a.na.ta.

↓　　　　　　　　↓

中文式發音　　　　羅馬拼音

短句範例

あなた は 学生<ruby>がくせい</ruby> ですか	→	日文短句
阿拿搭　挖　嘎哭誰一　爹思咖	→	中文式發音
a.na.ta.　wa.　ga.ku.se.i.　de.su.ka.	→	羅馬拼音
你是學生嗎？	→	中譯

發音／拼音／中譯

特殊符號

　　"－"表示「長音」，前面的音拉長一拍，再發下一個音。

　　"・"表示「促音」，稍停頓半拍後再發下一個音。

平假名與片假名

　　日文裡，一個發音會分成「平假名」和「片假名」兩種寫法。本書的發音篇中，將2種寫法同時列出。平假名通常用於傳統日語單字，如：おちゃ（茶）、ごはん（飯）。而片假名則是使用在從國外傳入的單字（外來語）上，如：コーヒー（咖啡）、アメリカ（美國）。

50音－濁音篇

50音－半濁音篇

50音－拗音篇

50音－促音、長音

50音－外來語用片假名篇

住宿交通篇

●ホテルを探しています

詢問篇

購物篇

飲食篇

觀光景點篇

身體狀況篇

請求協助篇

心情感受篇

50 音 – 清音篇

⇨ あ ／ ア

● 羅馬拼音　a　　　● 中式發音　阿

實用單字

あなた	你
阿拿他	a.na.ta.

あした	明天
阿吸他	a.shi.ta.

あめ	雨
阿妹	a.me.

アイスクリーム	冰淇淋
阿衣思哭哩一母	a.i.su.ku.ri.i.mu.

アパート	公寓
阿趴一偷	a.pa.a.to.

アルバイト	打工
阿嚕巴衣偷	a.ru.ba.i.to.

⇨ い ／ イ

● 羅馬拼音　i　　　● 中式發音　衣

實用單字

いくら	多少錢
衣哭啦	i.ku.ra.

右側邊欄：

50 音 清音篇

50 音 濁音篇

50 音 半濁音篇

50 音 拗音篇

50 音 促音、長音

50 音 外來語用片假名篇

いい	好／好的
衣一	i.i.

いいえ	不／不是
衣一せ	i.i.e.

インターネット	網路
衣嗯他一內・偷	i.n.ta.a.ne.tto.

インフルエンザ	流行性感冒
衣嗯夫嚕せ嗯紮	i.n.fu.ru.e.n.za.

イタリア	義大利
衣他哩阿	i.ta.ri.a.

track 006

⇨ う／ウ

● 羅馬拼音　u　　● 中式發音　烏

實用單字

うた	歌
烏他	u.ta.

うそ	謊話
烏搜	u.so.

うしろ	後面
烏吸攞	u.shi.ro.

うみ	海
烏咪	u.mi.

うし	牛
烏吸	u.shi.

ウール	羊毛
烏一嚕	u.u.ru.

⇨ え／エ

● 羅馬拼音　e　　● 中式發音　せ

實用單字

え	畫
せ	e.

えき	車站
せkey	e.ki.

えび	蝦子
せ遍	e.bi.

エアコン	空調
せ阿口嗯	e.a.ko.n.

エスカレーター	手扶梯
せ思咖勒－他－	e.su.ka.re.e.ta.a.

エレベーター	電梯
せ勒背－他－	e.re.be.e.ta.a.

50音 清音篇

50音 濁音篇

50音 半濁音篇

50音 拗音篇

50音 促音、長音

50音 外來語用片假名篇

⇨ お／オ

● 羅馬拼音　o　　　● 中式發音　歐

實用單字

おとこ	男人
歐偷口	o.to.ko.

おんな	女人
歐嗯拿	o.n.na.

おいしい	好吃
歐衣吸－	o.i.shi.i.

おんがく	音樂
歐嗯嘎哭	o.n.ga.ku.

オイル	油
歐衣嚕	o.i.ru.

オレンジ	柳橙
歐勒嗯基	o.re.n.ji.

⇨ か／カ

● 羅馬拼音　ka　　　● 中式發音　咖

實用單字

かわいい	可愛
咖哇衣－	ka.wa.i.i.

かさ	雨傘
咖撒	ka.sa.

かばん	包包
咖巴嗯	ka.ba.n.

カード	卡片/信用卡
咖一兜	ka.a.do.

カーテン	窗簾
咖一貼嗯	ka.a.te.n.

カート	購物車
咖一偷	ka.a.to.

track 008

⇨ き／キ

- ●羅馬拼音 **ki**
- ●中式發音 **key**

實用單字

きせつ	季節
key誰此	ki.se.tsu.

きのう	昨天
keyno一	ki.no.u.

きれい	美麗／乾淨
key勒一	ki.re.i.

キー	鑰匙
key一	ki.i.

右側標籤（由上而下）：
50音・清音篇
50音・濁音篇
50音・半濁音篇
50音・拗音篇
50音・促音、長音篇
50音・外來語用片假名篇

キロ	公里／公斤
key 撈	ki.ro.

キッチン	廚房
key・漆嗯	ki.cchi.n.

⇨ く ／ ク

● 羅馬拼音 **ku**　　　● 中式發音 ㄎㄨ

實用單字

くうこう	機場
哭－ロ	ku.u.ko.u.

くすり	藥
哭思哩	ku.su.ri.

くつ	鞋子
哭此	ku.tsu.

クッキー	餅乾
哭・key－	ku.kki.i.

クリスマス	聖誕節
哭哩思媽思	ku.ri.su.ma.su.

クーポン	優惠券
哭－剖嗯	ku.u.po.n.

▷ け ／ ケ

● 羅馬拼音　**ke**　　● 中式發音　開

實用單字

けいけん 開－開嗯	**經驗** ke.i.ke.n.
けしき 開吸key	**風景** ke.shi.ki.
けんこう 開嗯ロー	**健康** ke.n.ko.u.
ケーキ 開－key	**蛋糕** ke.e.ki.
ケーブルカー 開－捕嚕咖－	**纜車** ke.e.bu.ru.ka.a.
ケチャップ 開掐・撲	**番茄醬** ke.cha.ppu.

▷ こ ／ コ

● 羅馬拼音　**ko**　　● 中式發音　口

實用單字

こうえん ロ－せ嗯	**公園** ko.u.e.n.

ことば	話語
ㄎ偷巴	ko.to.ba.
こころ	心／感覺
ㄎㄎ摟	ko.ko.ro.
コーヒー	咖啡
ㄎ－he－	ko.o.hi.i.
コンサート	音樂會／演唱會
ㄎ嗯撒－偷	ko.n.sa.a.to.
コンビニ	便利商店
ㄎ嗯逼你	ko.n.bi.ni.

⇨ さ／サ

● 羅馬拼音　**sa**　　● 中式發音　撒

實用單字

さかな	魚
撒咖拿	sa.ka.na.
さくら	櫻／櫻花
撒哭啦	sa.ku.ra.
さむい	冷
撒母衣	sa.mu.i.
サッカー	足球
撒・咖－	sa.kka.a.

サンドイッチ	三明治
撒嗯兜衣・漆	sa.n.do.i.cchi.
サイズ	尺寸
撒衣資	sa.i.zu.

track 010

⇨ し／シ

● 羅馬拼音　**shi**　　● 中式發音　吸

實用單字

した	下面
吸他	shi.ta.
しんせつ	親切
吸嗯誰此	shi.n.se.tsu.
しお	鹽
吸歐	shi.o.
シーズン	季節
吸一資嗯	shi.i.zu.n.
システム	系統
吸思貼母	shi.su.te.mu.
シリーズ	系列
吸哩一資	shi.ri.i.zu.

⇨ す／ス

- 羅馬拼音　**su**
- 中式發音　思

實用單字

すき 思key	喜歡 su.ki.
すくない 思哭拿衣	少 su.ku.na.i.
すこし 思口吸	一點點 su.ko.shi.
スープ 思一撲	湯 su.u.pu.
スカート 思咖一偷	裙子 su.ka.a.to.
スキー 思key一	滑雪 su.ki.i.

⇨ せ／セ

- 羅馬拼音　**se**
- 中式發音　誰

實用單字

せまい 誰媽衣	很小／很窄 se.ma.i.

せんせい 誰嗯誰ー	老師 se.n.se.i.
せんべい 誰嗯背ー	仙貝 se.n.be.i.
セット 誰・偷	成套／組合／裝置 se.tto.
センチ 誰嗯漆	公分 se.n.chi.
セーター 誰ー他ー	毛衣 se.e.ta.a.

track 012

⇨ そ／ソ

● 羅馬拼音　**so**　　● 中式發音　搜

實用單字

そこ 搜口	那邊 so.ko.
そと 搜偷	外面 so.to.
そら 搜啦	天空 so.ra.
ソフトクリーム 搜夫偷哭哩ー母	霜淇淋 so.fu.to.ku.ri.i.mu.

50音 清音篇

50音 濁音篇

50音 半濁音篇

50音 拗音篇

50音 促音、長音

50音 外來語用片假名篇

ソーセージ	熱狗／香腸
捜－誰－基	so.o.se.e.ji.
ソース	沾醬
捜－思	so.o.su.

⇨ た／タ

● 羅馬拼音　**ta**　　　● 中式發音　他

實用單字

たかい	貴／高
他咖衣	ta.ka.i.
たくさん	很多
他哭撒嗯	ta.ku.sa.n.
たのしい	高興
他no吸－	ta.no.shi.i.
タクシー	計程車
他哭吸－	ta.ku.shi.i.
タオル	毛巾
他歐嚕	ta.o.ru.
ターミナル	終點站／航站／出發點
他－咪拿嚕	ta.a.mi.na.ru.

⇨ ち／チ

● 羅馬拼音　**chi**　　● 中式發音　漆

實用單字

ちいさい	小的
漆－撒衣	chi.i.sa.i.

ちかい	很近
漆咖衣	chi.ka.i.

ちず	地圖
漆資	chi.tsu.

チキン	雞肉
漆key嗯	chi.ki.n.

チーズ	起士
漆－資	chi.i.zu.

チケット	票
漆－開・偷	chi.ke.tto.

⇨ つ／ツ

● 羅馬拼音　**tsu**　　● 中式發音　此

實用單字

つくえ	桌子
此哭せ	tsu.ku.e.

つめたい 此妹他衣	冷的 tsu.me.ta.i.
つり 此哩	釣魚 tsu.ri.
ツール 此一嚕	工具 tsu.u.ru.
ツアー 此阿一	旅行／巡迴 tsu.a.a.
ツナ 此拿	鮪魚（罐裝的） tsu.na.

track 014

⇨ て／テ

● 羅馬拼音　**te**　　● 中式發音　貼

實用單字

てんき 貼嗯key	天氣 te.n.ki.
てら 貼啦	寺廟 te.ra.
てんいん 貼嗯衣嗯	店員 te.n..i.n.
テレビ 貼勒逼	電視 te.re.bi.

テープ	錄音帶／膠帶
貼-撲	te.e.pu.
テーブル	桌子
貼-捕嚕	te.e.bu.ru.

⇨ と ／ ト

●羅馬拼音　to	●中式發音　偷

實用單字

とおい	遠
偷-衣	to.o.i.
とけい	時鐘
偷開-	to.ke.i.
となり	旁邊／隔壁
偷拿哩	to.na.ri.
トースト	土司
偷-思偷	to.o.su.to.
トマト	番茄
偷媽偷	to.ma.to.
トイレ	廁所
偷衣勒	to.i.re.

50音-清音篇

50音-濁音篇

50音-半濁音篇

50音-拗音篇

50音-促音、長音

50音-外來語用片假名篇

⇨ な／ナ

● 羅馬拼音　na　　　　● 中式發音　拿

實用單字

な／ナ	
なか	裡面／中間
拿咖	na.ka.
なつ	夏天
拿此	na.tsu.
なまえ	名字
拿媽せ	na.ma.e.
ナイフ	刀子
拿衣夫	na.i.fu.
ナース	護士
拿一思	na.a.su.
ナビゲーション	導航／導引
拿逼給一休嗯	na.bi.ge.e.sho.n.

⇨ に／ニ

● 羅馬拼音　ni　　　　● 中式發音　你

實用單字

に／ニ	
にく	肉
你哭	ni.ku.

にもつ 你謀此	行李 ni.mo.tsu.
におい 你歐衣	味道／臭味 ni.o.i.
にんげん 你嗯給嗯	人類 ni.n.ge.n.
にんき 你嗯key	人氣／受歡迎的程度 ni.n.ki.
ニーズ 你一資	需求 ni.i.zu.

track 016

ぬ／ヌ

● 羅馬拼音　**nu**　　● 中式發音　奴

實用單字

ぬるい 奴嚕衣	溫的／冷掉的 nu.ru.i.
ぬの 奴no	布 nu.no.
ぬいぐるみ 奴衣古嚕咪	布偶 nu.i.gu.ru.mi.
ぬま 奴媽	沼澤／池塘 nu.ma.

50音-清音篇

50音-濁音篇

50音-半濁音篇

50音-拗音篇

50音-促音、長音

50音-外來語用片假名篇

ぬるぬる 奴嚕奴嚕	溼溼的 nu.ru.nu.ru.
ヌードル 奴－兜嚕	麵條 nu.u.do.ru.

⇨ ね／ネ

● 羅馬拼音	**ne**	● 中式發音　內

實用單字

ねこ 內ㄛ	貓 ne.ko.
ねむい 內母衣	想睡 nu.mu.i.
ねだん 內搭嗯	價格 ne.da.n.
ネイティブ 內一踢捕	道地的本國人 ne.i.ti.bu.
ネット 內・偷	網路／網 ne.tto.
ネイル 內一嚕	指甲 ne.i.ru.

⇨ の ／ ノ

● 羅馬拼音　no　　　● 中式發音　no

實用單字

のる no 嚕	搭乘 no.ru.
のり no 哩	海苔 no.ri.
のみもの no 咪謀 no	飲料 no.mi.mo.no.
のど no 兜	喉嚨 no.do.
ノック no・哭	敲 no.kku.
ノート no—偷	筆記／筆記本 no.o.to.

⇨ は ／ ハ

● 羅馬拼音　ha　● 中式發音　哈(助詞時念「哇」)

實用單字

| はし
哈吸 | 筷子
ha.shi. |

はな	花
哈拿	ha.na.

はる	春天
哈嚕	ha.ru.

ハンカチ	手帕
哈嗯咖漆	ha.n.ka.chi.

ハグ	擁抱
哈古	ha.gu.

ハンバーグ	漢堡排
哈嗯巴ー古	ha.n.ba.a.gu.

track 018

⇨ ひ／ヒ

● 羅馬拼音 hi　　● 中式發音 he(英語的「he」)

實用單字

ひくい	低的
he哭衣	hi.ku.i.

ひこうき	飛機
heロー key	hi.ko.u.ki.

ひと	人
he偷	hi.to.

ヒーター	暖爐
heー他ー	hi.i.ta.a.

ヒップホップ	嘻哈
he・撲吼・撲	hi.ppu.ho.ppu.

ヒーロー	英雄
he－撲－	hi.i.ro.o.

⇨ ふ／フ

● 羅馬拼音 **fu** ● 中式發音 夫

實用單字

ふね	船
夫內	fu.ne.

ふゆ	冬天
夫瘀	fu.yu.

ふとん	棉被
夫偷嗯	fu.to.n.

ふたり	兩個人
夫他哩	fu.ta.ri.

ふるい	舊的
夫嚕衣	fu.ru.i.

フルーツ	水果
夫嚕－此	fu.ru.u.tsu.

50 音‧清音篇

50 音‧濁音篇

50 音‧半濁音篇

50 音‧拗音篇

50 音‧促音、長音

50 音‧外來語用片假名篇

⇨ へ／ヘ

● 羅馬拼音 he　● 中式發音　嘿（當助詞時唸「せ」）

實用單字

へた	不拿手／不好的
嘿他	he.ta.

へや	房間
嘿呀	he.ya.

へび	蛇
嘿逼	he.bi.

へいわ	和平
嘿一哇	he.i.wa.

ヘア	頭髮
嘿阿	he.a.

⇨ ほ／ホ

● 羅馬拼音　ho　● 中式發音　吼

實用單字

ほしい	想要
吼吸一	ho.shi.i.

50 音−清音篇

50 音−濁音篇

50 音−半濁音篇

50 音−拗音篇

50 音−促音、長音

50 音 外來語用片假名篇

ほん	書
吼嗯	ho.n.

ほうりつ	法律
吼ー哩此	ho.u.ri.tsu.

ほか	其他
吼咖	ho.ka.

ホームページ	網頁
吼ー母呸ー基	ho.o.mu.pe.e.ji.

ホテル	飯店
吼貼嚕	ho.te.ru.

track 020

⇨ ま／マ

● 羅馬拼音　**ma**　　● 中式發音　媽

實用單字

まえ	前面
媽せ	ma.e.

まるい	圓的
媽嚕衣	ma.ru.i.

まいにち	每天
媽衣你漆	ma.i.ni.chi.

マラソン	馬拉松
媽啦搜嗯	ma.ra.so.n.

マーク	做記號／商標
媽一哭	ma.a.ku.

マンション	住宅大樓
媽嗯休嗯	ma.n.sho.n.

⇨ み／ミ

● 羅馬拼音　**mi**　　● 中式發音　咪

實用單字

みかん	柑橘
咪咖嗯	mi.ka.n.

みみ	耳朵
咪咪	mi.mi.

みず	水
咪資	mi.zu.

ミルク	牛奶
咪嚕哭	mi.ru.ku.

ミーティング	會議
咪一踢嗯古	mi.i.ti.n.gu.

ミス	錯誤
咪思	mi.su.

♫ む／ム

● 羅馬拼音　**mu**　　● 中式發音　母

實用單字

むすこ 母思口	兒子 mu.su.ko.
むすめ 母思妹	女兒 mu.su.me.
むし 母吸	蟲 mu.shi.
むかし 母咖吸	以前 mu.ka.shi.
ムード 母一兜	氣氛 mu.u.do.
ムース 母一思	慕絲 mu.u.su.

♫ め／メ

● 羅馬拼音　**me**　　● 中式發音　妹

實用單字

めいし 妹一吸	名片 me.i.shi.

50 音－清音篇

50 音－濁音篇

50 音－半濁音篇

50 音－拗音篇

50 音－促音、長音

50 音－外來語用片假名篇

め 妹	眼睛 me.
めん 妹嗯	麵 me.n.
メーク 妹一哭	化妝 me.e.ku.
メートル 妹一偷嚕	公尺 me.e.to.ru.
メール 妹一嚕	郵件 me.e.ru.

track 022

⇨ も／モ

● 羅馬拼音　**mo**　● 中式發音　謀

實用單字

もも 謀謀	桃子 mo.mo.
もの 謀no	東西 mo.no.
もちろん 謀漆捜嗯	當然 mo.chi.ro.n.
モデル 謀爹嚕	模特兒／模型 mo.de.ru.

モニター	螢幕
謀你他一	mo.ni.ta.a.

モール	商場
謀一嚕	mo.o.ru.

track 022

⇨ や／ヤ

● 羅馬拼音　　**ya**　　● 中式發音　呀

實用單字

やくそく	約定
呀哭搜哭	ya.ku.so.ku.

やさい	蔬菜
呀撒衣	ya.sa.i.

やすい	便宜
呀思衣	ya.su.i.

やすみ	休息／休假
呀思咪	ya.su.mi.

やま	山
呀媽	ya.ma.

ヤクルト	養樂多
呀哭嚕偷	ya.ku.ru.to.

50音·清音篇

50音·濁音篇

50音·半濁音篇

50音·拗音篇

50音·促音、長音

50音·外來語用片假名篇

⇨ ゆ ／ ユ

● 羅馬拼音　**yu**　　● 中式發音　瘀

實用單字

ゆび	手指
瘀逼	yu.bi.

ゆき	雪
瘀key	yu.ki.

ゆめ	夢
瘀妹	yu.me.

ユーモア	幽默
瘀一謀阿	yu.u.mo.a.

ユーターン	調頭／返回
瘀一他一嗯	yu.u.ta.a.n.

ユーザー	使用者
瘀一緊一	yu.u.za.a.

⇨ よ ／ ヨ

● 羅馬拼音　**yo**　　● 中式發音　優

實用單字

よやく	預約
優呀哭	yo.ya.ku.

よる	晚上
優嚕	yo.ru.
よてい	預定
優貼－	yo.te.i.
ヨーロッパ	歐洲
優－摟・趴	yo.o.ro.ppa.
ヨーガ	瑜珈
優－嘎	yo.o.ga.
ヨット	遊艇／帆船
優・偷	yo.tto

track 024

⇨ ら／ラ

● 羅馬拼音　**ra**　　● 中式發音　啦

實用單字

らいねん	明年
啦衣内嗯	ra.i.ne.n.
らく	輕鬆
啦哭	ra.ku.
らくだ	駱駝
啦哭搭	ra.ku.da.
ラーメン	拉麵
啦－妹嗯	ra.a.me.n.

50音‧清音篇

50音‧濁音篇

50音‧半濁音篇

50音‧拗音篇

50音‧促音、長音

50音‧外來語用片假名篇

ライブ	演唱會／生活／現場演唱
拉衣捕	ra.i.bu.
ライオン	獅子
拉衣歐嗯	ra.i.o.n.

ライブ	演唱會／生活／現場演唱
拉衣捕	ra.i.bu.
ライオン	獅子
拉衣歐嗯	ra.i.o.n.

track 024

⇨ り／リ

● 羅馬拼音　**ri**　　● 中式發音　哩

實用單字

りこん	離婚
哩口嗯	ri.ko.n.
りんご	蘋果
哩嗯狗	ri.n.go.
りか	理科
哩咖	ri.ka.
リラックス	放鬆
哩啦・哭思	ri.ra.kku.su.
リスト	名單
哩思偷	ri.su.to.
リビング	客廳
哩逼嗯古	ri.bi.n.gu.

50 音-清音篇

50 音-濁音篇

50 音-半濁音篇

50 音-拗音篇

50 音-促音、長音

50 音-外來語用片假名篇

⇨ る ／ ル

● 羅馬拼音　**ru**　　● 中式發音　嚕

實用單字

るす	不在
嚕思	ru.su.
るすばん	看家
嚕思巴嗯	ru.su.ba.n.
るり	琉璃
嚕哩	ru.i.
ルビー	紅寶石
嚕逼一	ru.bi.i.
ルーム	房間
嚕一母	ru.u.mu.
ルール	規則
嚕一嚕	ru.u.ru.

⇨ れ ／ レ

● 羅馬拼音　**re**　　● 中式發音　勒

實用單字

れいぞうこ	冰箱
勒一走一口	re.i.zo.u.ko.

れきし 勒 key 吸	歷史 re.ki.shi.
れんらく 勒嗯啦哭	聯絡 re.n.ra.ku.
レポート 勒剖一偷	報告 re.po.o.to.
レモン 勒謀嗯	檸檬 re.mo.n.
レース 勒一思	比賽 re.e.su.

⇨ ろ／ロ

●羅馬拼音 **ro**	●中式發音 摟

實用單字

ろうか 摟一咖	走廊 ro.u.ka.
ろうそく 摟一摟哭	蠟燭 ro.u.so.ku.
ろせん 摟誰嗯	路線 ro.se.n.
ロッカー 摟・咖一	置物櫃 ro.kka.a.

ロース	里肌肉
撲一思	ro.o.su.

ロック	搖滾
撲・哭	ro.kku.

⇨ わ ／ ワ

● 羅馬拼音　**wa**　　　● 中式發音　哇

實用單字

わたし	我
哇他吸	wa.ta.shi.

わるい	不好的
哇嚕衣	wa.ru.i.

わかい	年輕的
哇咖衣	wa.ka.i.

ワイン	紅酒
哇衣嗯	wa.i.n.

ワールド	世界
哇一嚕兜	wa.a.ru.do.

ワンピース	連身洋裝
哇嗯披一思	wa.n.pi.i.su.

50音‧清音篇

50音‧濁音篇

50音‧半濁音篇

50音‧拗音篇

50音‧促音、長音

50音‧外來語用片假名篇

を ／ヲ
● 羅馬拼音　o　　　　● 中式發音　喔

ん／ン
● 羅馬拼音　n　　　　● 中式發音　嗯

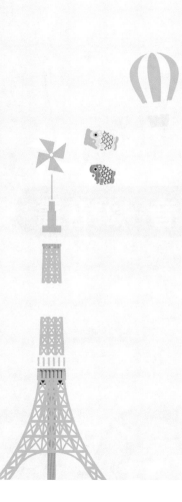

50 音－濁音篇

⇨ が ／ ガ

- ●羅馬拼音　**ga**　　●中式發音　　嘎

實用單字

がいこく	外國
嘎衣口哭	ga.i.ko.ku.

がっこう	學校
嘎・ロー	ga.ko.u.

がっかり	失望
嘎・咖哩	ga.ka.ri.

ガソリン	汽油
嘎捜哩嗯	ga.so.ri.n.

ガイド	導遊／說明書
	／工具書
嘎衣兜	ga.i.do.

ガム	口香糖
嘎母	ga.mu.

⇨ ぎ ／ ギ

- ●羅馬拼音　**gi**　　●中式發音　個衣

實用單字

ぎじゅつ	技術
個衣居此	gi.ju.tsu.

背包客的
菜日文
自由行

ぎんこう	銀行
個衣嗯ロー	gi.n.ko.u.
ぎいん	議員
個衣一嗯	gi.i.n.
ギフト	禮物
個衣夫偷	gi.fu.to.
ギター	吉他
個衣他一	gi.ta.a.
ギブス	石膏
個衣捕思	gi.bu.su.

track 029

⇨ ぐ／グ

● 羅馬拼音　**gu** ● 中式發音　古

實用單字

ぐうぜん	偶然
古一賊嗯	gu.u.ze.n.
ぐう	拳頭／猜拳時 出的石頭
古一	gu.u.
ぐうげん	寓言
古一給嗯	gu.u.ge.n.
グループ	團體
古嚕一撲	gu.ru.u.pu.

グッズ	商品
古・資	gu.zzu.

グミ	軟糖
古咪	gu.mi.

track 029

⇨ げ／ゲ

● 羅馬拼音　**ge** ● 中式發音　給

實用單字

げつようび	星期一
給此優一逼	ge.tsu.yo.u.bi.

げんき	精神／活力
給嗯key	ge.n.ki.

げんきん	現金
給嗯key嗯	ge.n.ki.

ゲーム	遊戲
給一母	ge.e.mu.

ゲスト	來賓
給思偷	ge.su.to.

ゲット	得到
給・偷	ge.tto.

⇨ ご ／ ゴ

● 羅馬拼音　　　　　　● 中式發音　狗

實用單字

ご	五
狗	go.

ごはん	飯／餐
狗哈嗯	go.ha.n.

ごめん	對不起
狗妹嗯	go.me.n.

ゴルフ	高爾夫
狗嚕夫	go.ru.fu.

ゴール	目標
狗一嚕	go.o.ru.

ゴールデンウィーク	黃金週(5 月的第 1 週連假)
狗一嚕爹嗯ｗｅ一哭	go.o.ru.de.n.wi.i.ku.

⇨ ざ ／ ザ

● 羅馬拼音　**za**　　　● 中式發音　紮

實用單字

ざんねん	可惜
紮嗯內嗯	za.n.ne.n.

ざんぎょう 紮嗯哥優－	加班 za.n.gyo.u.
ざっし 紮・吸	雜誌 za.shi.
ざいりょう 紮衣溜－	材料 za.i.ryo.u.
ざいす 紮衣思	和式椅 za.i.su.
ざしき 紮吸key	和式座位 za.shi.ki.

track 031

➪ じ ／ ジ

● 羅馬拼音　**ji**　　　● 中式發音　基

實用單字

じぶん 基捕嗯	自己 ji.bu.n.
じかん 基咖嗯	時間 ji.ka.n.
じてんしゃ 基貼嗯瞎	腳踏車 ji.te.n.sha.
じゆう 基瘀－	自由 ji.yu.u.

50音・清音篇

50音 濁音篇

50音 半濁音篇

50音 拗音篇

50音 促音、長音篇

50音 外來語用片假名篇

じもと	當地
基謀偷	ji.mo.to.

ジープ	吉普車
基一撲	ji.i.pu.

⇨ ず／ズ

● 羅馬拼音　**zu** 　　　　● 中式發音　資

實用單字

ずっと	一直
資・偷	zu.tto.

ず	圖
資	zu.

ずいぶん	非常／很多
資衣捕嗯	zu.i.bu.n.

ずるい	狡滑
資嚕衣	zu.ru.i.

ずいいち	首屈一指
資衣一漆	zu.i.i.chi.

ズボン	長褲
資玻嗯	zu.bo.n.

⇨ ぜ／ゼ

● 羅馬拼音　ze　　　　● 中式發音　賊

實用單字

ぜったい	**絕對**	
賊・他衣	ze.tta.i.	
ぜんぶ	**全部**	
賊嗯捕	ze.n.bu.	
ぜんぜん	**毫不**	
賊嗯賊嗯	ze.n.ze.n.	
ゼリー	**果凍**	
賊哩－	ze.ri.i.	
ゼロ	**零**	
賊摟	ze.ro.	
ゼミ	**研討會**	
賊咪	ze.mi.	

⇨ ぞ／ゾ

● 羅馬拼音　zo　　　　● 中式發音　走

實用單字

ぞう	**大象**	
走－	zo.u.	

50音・清音篇
50音・濁音篇
50音・半濁音篇
50音・拗音篇
50音・促音、長音
50音・外來語用片假名篇

ぞっと	毛骨悚然
走・偷	zo.tto.

ぞうきん	抹布
走－key嗯	zo.u.ki.n.

ぞうすい	(用高湯煮成的)粥
走－思衣	zo.u.su.i.

ぞくぞく	接連著
走哭走哭	zo.ku.zo.ku.

ゾーン	地帶／範圍
走－嗯	zo.o.n.

⇨ だ／ダ

● 羅馬拼音　**da**　　● 中式發音　搭

實用單字

だいがく	大學
搭衣嘎哭	da.i.ga.ku.

だめ	不行
搭妹	da.me.

だれ	誰
搭勒	da.re.

ダブル	雙份／兩倍
搭捕嚕	da.bu.ru.

ダンス	跳舞
搭嗯思	da.n.su.

ダイエット	減肥
搭衣せ・偷	da.i.e.tto.

track 033

⇨ ぢ／ヂ

● 羅馬拼音　**ji**　　● 中式發音　基

實用單字

ちぢむ	縮
漆基母	chi.ji.mu.

はなぢ	鼻血
哈拿基	ha.na.ji.

說　明

　　源自平假名「ち」，再加上濁點記號「゛」。念法和中文裡的「基」相同。現代詞語中幾乎都被「じ」所取代，兩者念法也幾乎相同。通常在兩個「ち」連用時，第二個「ち」就念成「ぢ」，如：ちぢむ。或是當兩個詞語合在一起的複合語時，後面的詞首字為「ち」時，就念成「ぢ」，如：はな（鼻）和ち（血）合成的はなぢ一詞。

track 034

⇨ づ／ヅ

● 羅馬拼音　**zu**　　● 中式發音　資

實用單字

つづき	**繼續**
此資key	tsu.zu.ki.
てづくり	**手工製**
貼資哭哩	te.zu.ku.ri.

說　明

> 　　源自平假名「つ」，再加上濁點記號「 ゛」。念法和中文裡的「資」相同。現代詞語中幾乎都被「ず」所取代，兩字念法也幾乎相同。通常在兩個「つ」連用時，第二個「つ」就念成「づ」，如：つづみ。或是當兩個詞語合在一起的複合語時，後面的詞首字為「つ」時，就念成「づ」，如：て(手)和つくり(製作)合成的てづくり一詞。

track 034

⇨ で／デ

● 羅馬拼音　**de**　　● 中式發音　爹

實用單字

でんわ	**電話**
爹嗯哇	de.n.wa.

でも 爹謀	可是 de.mo.
でんき 爹嗯key	電燈／電氣 de.n.ki.
デート 爹一偷	約會 de.e.to.
デザイン 爹縶衣嗯	設計 de.za.i.n.
デパート 爹趴一偷	百貨公司 de.pa.a.to.

track 035

⇨ ど／ド

● 羅馬拼音 **do**　　● 中式發音　兜

實用單字

どこ 兜口	在哪／哪裡 do.ko.
どうも 兜一謀	你好／謝謝 do.u.mo.
どうぶつ 兜一捕此	動物 do.u.bu.tsu.
ドア 兜阿	門 do.a.

ドラマ	連續劇
兜拉媽	do.ra.ma.
ドーナツ	甜甜圈
兜－拿此	do.o.na.tsu.

⇨ ば／バ

● 羅馬拼音　**ba**　　● 中式發音　巴

實用單字

ばんごう	號碼
巴嗯狗－	ba.n.go.u.
ばんぐみ	節目
巴嗯古咪	ba.n.gu.mi.
ばしょ	地方／場地
巴休	ba.sho.
バス	巴士
巴思	ba.su.
バッグ	包包
巴・古	ba.ggu.
バースデー	生日
巴－思爹－	ba.a.su.de.e.

⇨ び ／ ビ

- 羅馬拼音　**bi**
- 中式發音　逼

實用單字

びっくり	嚇一跳
逼・哭哩	bi.kku.ri.

びみょう	微妙／難以形容
逼咪優－	bi.myo.u.

びよういん	美容院
逼優－衣嗯	bi.yo.u.i.n.

ビーフ	牛肉
逼－夫	bi.i.fu.

ビル	大樓
逼嚕	bi.ru.

ビール	啤酒
逼－嚕	bi.i.ru.

⇨ ぶ ／ ブ

- 羅馬拼音　**bu**
- 中式發音　捕

實用單字

ぶちょう	部長
捕秋－	bu.cho.u.

ぶかつ	高中的社團活動
捕咖此	bu.ka.tsu.
ぶんか	文化
捕嗯咖	bu.n.ka.
ブーツ	靴子
捕－此	bu.u.tsu.
ブランド	品牌
捕啦嗯兜	bu.ra.n.do.
ブルー	藍色
捕嚕－	bu.ru.u.

track 037

⇨ べ／ベ

● 羅馬拼音　**be**　　● 中式發音　背

實用單字

べんり	方便
背嗯哩	be.n.ri.
べんきょう	用功／念書
背嗯克優－	be.n.kyo.u.
べんとう	便當
背嗯倫－	be.n.to.u.
ベッド	床
背・兜	be.ddo.

ベル	鈴
背嚕	be.ru.

ベルト	皮帶
背嚕偷	be.ru.to.

⇨ぼ／ボ

● 羅馬拼音　**bo**　　● 中式發音　玻

實用單字

ぼうし	帽子
玻一吸	bo.u.shi.

ぼく	我（男性說法）
玻哭	bo.ku.

ぼうっと	發呆
玻一・偷	bo.u.tto.

ボタン	鈕釦
玻他嗯	bo.ta.n.

ボール	球
玻一嚕	bo.o.ru.

ボーナス	獎金
玻一拿思	bo.o.na.su.

50 音－半濁音篇

⇨ ぱ／パ

● 羅馬拼音　**pa**　　● 中式發音　趴

實用單字

ぱくる	抄襲
趴哭嚕	pa.ku.ru.
ぱっちり	眼睛明亮
趴‧漆哩	pa.cchi.ri.
ぱっと	突然／一下子
趴‧偷	pa.tto.
パスポート	護照
趴思剖─偷	pa.su.po.o.to.
パソコン	電腦
趴搜口嗯	pa.so.ko.n.
パン	麵包
趴嗯	pa.n.

⇨ ぴ／ピ

● 羅馬拼音　**pi**　　● 中式發音　披

實用單字

ぴりから	微辣
披哩咖啦	pi.ri.ka.ra.

ぴりっと 披哩・倫	刺痛／撕破 pi.ri.tto.
ぴかぴか 披咖披咖	亮晶晶 pi.ka.pi.ka.
ピザ 披紫	比薩 pi.za.
ピアス 披阿思	耳環 pi.a.su.
ピーマン 披一媽嗯	青椒 pi.i.ma.n.

⇨ぷ／プ

● 羅馬拼音　**pu**　　● 中式發音　撲

實用單字

ぷんぷん 撲嗯撲嗯	生氣的樣子 pu.n.pu.n.
ぷかぷか 撲咖撲咖	輕的東西在水上 飄的樣子 pu.ka.pu.ka.
ぷっくり 撲・哭哩	膨脹的樣子 pu.kku.ri.
プール 撲一嚕	泳池 pu.u.ru.

プレゼント	禮物
撲勒賊嗯倫	pu.re.ze.n.to.

プロ	專業／職業的
撲摟	pu.ro.

⇨ ペ／ペ

●羅馬拼音　**pe**　　●中式發音　呸

實用單字

ぺこぺこ	肚子餓
呸口呸口	pe.ko.pe.ko.

ぺたぺた	貼滿／塗滿
呸他呸他	pe.ta.pe.ta.

ページ	頁
呸一基	pe.e.ji.

ペア	成對的
呸阿	pe.a.

ペット	寵物
呸・偷	pe.tto.

ペン	筆
呸嗯	pe.n.

⇨ ぽ／ポ

● 羅馬拼音　**po**　　　● 中式發音　剖

實用單字

ぽいすて	隨手亂丟垃圾
剖衣思貼	po.i.su.te.

ぽかぽか	暖和的
剖咖剖咖	po.ka.po.ka.

ポスター	海報
剖思他一	po.su.ta.a.

ポテト	馬鈴薯／薯條
剖貼偷	po.te.to.

ポーク	豬肉
剖一哭	po.o.ku.

ポケット	口袋
剖開・偷	po.ke.tto.

50 音－拗音篇

⇨ きゃ／キャ

● 羅馬拼音　**kya**　　● 中式發音　克呀

實用單字

きゃあ 克呀－	尖叫的聲音 kya.a.
きゃく 克呀哭	客人 kya.ku.
きゃくしつ 克呀哭吸此	客房 kya.ku.shi.tsu.
キャンセル 克呀嗯誰嚕	取消 kya.n.se.ru.
キャンデー 克呀嗯爹－	糖果 kya.n.de.e.
キャベツ 克呀背此	高麗菜 kya.be.tsu.

⇨ きゅ／キュ

● 羅馬拼音　**kyu**　● 中式發音　**Q**(英語的「**Q**」)

實用單字

| きゅうじつ
Q－基此 | 放假日
kyu.u.ji.tsu. |

きゅうり	小黃瓜	
Q－哩	kyu.u.ri.	
きゅうりょう	薪水	
Q－溜－	kyu.u.ryo.u.	
きゅうに	突然	
Q－你	kyu.u.ni.	
きゅうしょうがつ	農曆新年	
Q－休－嘎此	kyu.u.sho.u.ga.tsu.	
キュート	可愛	
Q－偷	kyu.u.to.	

track 042

⇨ きょ／キョ

● 羅馬拼音　**kyo**　　● 中式發音　克優

實用單字

きょく	歌曲
克優哭	kyo.ku.
きょう	今天
克優－	kyo.u.
きょうしつ	教室
克優－吸此	kyo.u.shi.tsu.
きょうだい	兄弟姊妹
克優－搭衣	kyo.u.da.i.

| きょねん
克優内嗯 | 去年
kyo.ne.n. |
| きょうみ
克優一咪 | 有興趣
kyo.u.mi. |

⇨ しゃ／シャ

● 羅馬拼音　**sha**　　● 中式發音　瞎

實用單字

しゃかい 瞎咖衣	社會 sha.ka.i.
しゃちょう 瞎秋－	社長／老闆 sha.cho.u.
しゃしん 瞎吸嗯	照片 sha.shi.n.
しゃいん 瞎衣嗯	社員 sha.i.n.
シャワー 瞎哇－	淋浴 sha.wa.a.
シャーベット 瞎－背・偷	雪酪 sha.be.tto.

50 音－清音篇

50 音－濁音篇

50 音－半濁音篇

50 音－拗音篇

50 音－促音、長音

50 音－外來語用片假名篇

⇨ しゅ／シュ

● 羅馬拼音　**shu**　　● 中式發音　噓

實用單字

しゅうまつ	週末
噓－媽此	shu.u.ma.tsu.

しゅみ	興趣／嗜好
噓咪	shu.mi.

しゅっぱつ	出發
噓・趴此	shu.ppa.tsu.

シューズ	鞋子
噓－資	shu.u.zu.

シュークリーム	泡芙
噓－哭哩－母	shu.u.ku.ri.i.mu.

シューマイ	燒賣
噓－媽衣	shu.u.ma.i.

⇨ しょ／ショ

● 羅馬拼音　**sho**　　● 中式發音　休

實用單字

しょうゆ	醬油
休－癒	sho.u.yu.

しょうかい	介紹
休一咖衣	sho.u.ka.i.

しょうせつ	小說
休一誰此	sho.u.se.tsu.

ショップ	商店
休・撲	sho.ppu.

ショック	震驚／打擊
休・哭	sho.kku.

ショッピング	購物
休・拔嗯古	sho.ppi.n.gu.

track 044

⇨ ちゃ／チャ

● 羅馬拼音　**cha**　　● 中式發音　掐

實用單字

ちゃ	茶
掐	cha.

ちゃいろ	咖啡色
掐衣攃	cha.i.ru.

ちゃわん	碗
掐哇嗯	cha.wa.n.

チャーハン	炒飯
掐一哈嗯	cha.a.ha.n.

チャンス	機會
掐嗯思	cha.n.su.
チャレンジ	挑戰
掐勒嗯基	cha.re.n.ji.

⇨ ちゅ／チュ

● 羅馬拼音　**chu**　　● 中式發音　去

實用單字

ちゅうし	中止
去一吸	chu.u.shi.
ちゅうしゃ	停車
去一瞎	chu.u.sha.
ちゅうがっこう	中學
去一嘎・囉	chu.u.ga.kko.u.
ちゅうい	警告
去一衣	chu.u.i.
ちゅうしん	中心
去一吸嗯	chu.u.shi.n.
チューリップ	鬱金香
去一哩・撲	chu.u.ri.ppu.

⇨ ちょ／チョ

● 羅馬拼音　**cho**　　● 中式發音　秋

實用單字

ちょきん	存錢
秋key嗯	cho.ki.n.

ちょくせつ	直接
秋哭誰此	cho.ku.se.tsu.

ちょっと	有點／稍微
秋・偷	cho.tto.

ちょうど	剛好
秋一兜	cho.u.do.

チョイス	選擇
秋衣思	cho.i.su.

チョコレート	巧克力
秋口勒一偷	cho.ko.re.e.to.

50音‧清音篇
50音‧濁音篇
50音‧半濁音篇
50音‧拗音篇
50音‧促音、長音
50音‧外來語用片假名篇

⇨ にゃ／ニャ

● 羅馬拼音　　nya　　● 中式發音　娘

⇨ にゅ／ニュ

● 羅馬拼音　　nyu　　● 中式發音　女

⇨ にょ／ニョ

● 羅馬拼音　　nyo　　● 中式發音　妞

⇨ ひゃ／ヒャ

● 羅馬拼音　hya　　● 中式發音　合呀

⇨ ひゅ／ヒュ

● 羅馬拼音　hyu　　● 中式發音　合瘀

⇨ ひょ／ヒョ

● 羅馬拼音　hyo　　● 中式發音　合優

⇨ みゃ ／ ミャ

- 羅馬拼音　**mya**
- 中式發音　咪呀

⇨ みゅ ／ ミュ

- 羅馬拼音　**myu**
- 中式發音　咪瘀

⇨ みょ ／ ミョ

- 羅馬拼音　**myo**
- 中式發音　咪優

⇨ りゃ ／ リャ

- 羅馬拼音　**rya**
- 中式發音　力呀

⇨ りゅ ／ リュ

- 羅馬拼音　**ryu**
- 中式發音　驢

⇨ りょ ／ リョ

- 羅馬拼音　**ryo**
- 中式發音　溜

50 音　清音篇
50 音　濁音篇
50 音　半濁音篇
50 音　拗音篇
50 音　促音‧長音
50 音　外來語用片假名篇

track 047

⇨ ぎゃ／ギャ

● 羅馬拼音　　**gya**　　● 中式發音　哥呀

track 047

⇨ ぎゅ／ギュ

● 羅馬拼音　　**gyu**　　● 中式發音　哥瘀

track 047

⇨ ぎょ／ギョ

● 羅馬拼音　　**gyo**　　● 中式發音　哥優

track 047

⇨ じゃ／ジャ

● 羅馬拼音　　**ja**　　● 中式發音　加

track 047

⇨ じゅ／ジュ

● 羅馬拼音　　**ju**　　● 中式發音　居

track 047

⇨ じょ／ジョ

● 羅馬拼音　　**jo**　　● 中式發音　糾

50音 清音篇

50音 濁音篇

50音 半濁音篇

50音 拗音篇

50音 促音、長音

50音 外來語用片假名篇

track 047

ぢゃ／ヂャ

- 羅馬拼音　**ja**
- 中式發音　加

track 047

ぢゅ／ヂュ

- 羅馬拼音　**ju**
- 中式發音　居

track 047

ぢょ／ヂョ

- 羅馬拼音　**jo**
- 中式發音　糾

track 048

びゃ／ビャ

- 羅馬拼音　**bya**
- 中式發音　逼呀

track 048

びゅ／ビュ

- 羅馬拼音　**byu**
- 中式發音　逼瘀

track 048

びょ／ビョ

- 羅馬拼音　**byo**
- 中式發音　逼優

track 048

⇨ ぴゃ ／ ピャ

● 羅馬拼音　**pya**　　● 中式發音　披呀

track 048

⇨ ぴゅ ／ ピュ

● 羅馬拼音　**pyu**　　● 中式發音　披瘀

track 048

⇨ ぴょ ／ ピョ

● 羅馬拼音　**pyo**　　● 中式發音　披優

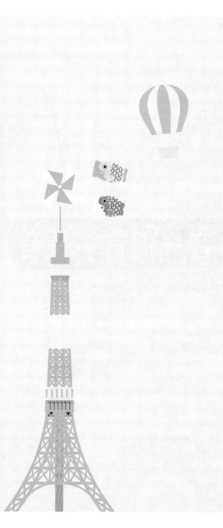

50 音－促音、長音

track 049

つ／ッ

實用單字

いっしょ 衣・休	一起 i.ssho.
いったん 衣・他嗯	一旦／暫時 i.tta.n.
いっせい 衣・誰ー	一起 i.sse.i.

說　明

　　「つ」的小寫是表示促音，這個字只會出現在單字中間。促音不發音，而是發完促音前一個音後，稍有停頓，並加重促音後的一個音。

track 049

ー

實用單字

ビール 逼ー露	啤酒 bi.i.ru.
コーヒー ロ－he－	咖啡 ko.o.hi.i.

50音-清音篇

50音-濁音篇

50音-半濁音篇

50音-拗音篇

50音-促音、長音

50音-外來語用片假名篇

ミュージック　　　　**音樂**

咪瘀一基‧哭　　　　my.u.ji.kku.

說　明

　　「一」是長音符號，通常用於片假名中。遇到長音符時，則表示前面得發音要多拉長一拍。如「ビール」這個單字，就是「ビ」的發音拉長一拍。

　　而在平假名中，雖然沒有表示長音的「一」，但是在發音上還是有長音，即多念一拍的情況，以下列出相關的發音規則：

　　あ行音後面接著「あ」。如：か+あ，在發音時是將「か」多念一拍。

　　い行音後面接著「い」。如：に+い，在發音時是將「に」多念一拍。

　　う行音後面接著「う」。如：く+う，在發音時是將「く」多念一拍。

　　え行音後面接著「え」。如：ね+え，在發音時是將「ね」多念一拍。（え列音後面接い，因為發音接近，有時也會多念一拍變成長音，如：け+い）

50 音－
外來語用片假名篇

50音‧清音篇

50音‧濁音篇

50音‧半濁音篇

50音‧拗音篇

50音‧促音、長音

50音‧外來語用片假名篇

track 050

⇨ イェ

● 羅馬拼音　ye　　● 中式發音　耶

track 050

⇨ ウィ

● 羅馬拼音　ui　　● 中式發音　we

track 050

⇨ ウェ

● 羅馬拼音　ue　　● 中式發音　喂

track 050

⇨ ウォ

● 羅馬拼音　uo　　● 中式發音　窩

track 050

⇨ クァ

● 羅馬拼音　kua　　● 中式發音　誇

track 050

⇨ クィ

● 羅馬拼音　kui　　● 中式發音　哭衣

track 051

⇨ クェ

● 羅馬拼音　kue　　● 中式發音　虧

track 051

⇨ クォ

● 羅馬拼音　kuo　　● 中式發音　括

track 051

⇨ グァ

● 羅馬拼音　gua　　● 中式發音　刮

track 051

⇨ シェ

● 羅馬拼音　she　　● 中式發音　些

track 051

⇨ ジェ

● 羅馬拼音　je　　● 中式發音　接

track 051

⇨ スィ

● 羅馬拼音　sui　　● 中式發音　穌衣

⇨ チェ

● 羅馬拼音　che ● 中式發音　切

⇨ ツァ

● 羅馬拼音　tsa ● 中式發音　擦

⇨ ツィ

● 羅馬拼音　tsui ● 中式發音　姿衣

⇨ ツェ

● 羅馬拼音　tse ● 中式發音　賊

⇨ ツォ

● 羅馬拼音　tso ● 中式發音　搓

⇨ ティ

● 羅馬拼音　ti ● 中式發音　踢

50音・清音篇
50音・濁音篇
50音・半濁音篇
50音・拗音篇
50音・促音、長音
50音・外來語用片假名篇

track 053

⇨ テュ

● 羅馬拼音　**tyu**　　● 中式發音　特瘀

track 053

⇨ ディ

● 羅馬拼音　**di**　　● 中式發音　低

track 053

⇨ デュ

● 羅馬拼音　**dyu**　　● 中式發音　低瘀

track 053

⇨ トゥ

● 羅馬拼音　**tu**　　● 中式發音　吐

track 053

⇨ ドゥ

● 羅馬拼音　**du**　　● 中式發音　肚

track 053

⇨ ファ

● 羅馬拼音　**fa**　　● 中式發音　發

50音-清音篇
50音-濁音篇
50音-半濁音篇
50音-拗音篇
50音-促音、長音

50音-外來語用片假名篇

track 054

⇨ フィ

● 羅馬拼音　**fi**　　● 中式發音　膚衣

track 054

⇨ フュ

● 羅馬拼音　**fyu**　　● 中式發音　膚瘀

track 054

⇨ フェ

● 羅馬拼音　**fe**　　● 中式發音　非

track 054

⇨ フォ

● 羅馬拼音　**fo**　　● 中式發音　否

track 054

⇨ ヴァ

● 羅馬拼音　**ba**　　● 中式發音　把

track 054

⇨ ヴィ

● 羅馬拼音　**bi**　　● 中式發音　比

⇨ ヴュ

- 羅馬拼音　**byu**
- 中式發音　捕瘀

⇨ ヴェ

- 羅馬拼音　**be**
- 中式發音　背

⇨ ヴォ

- 羅馬拼音　**bo**
- 中式發音　剝

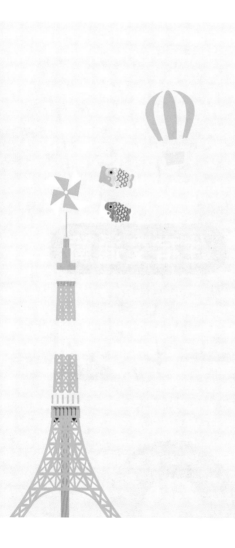

住宿交通篇

ホテルを探しています

發音 吼貼嚕喔　　撒嘎吸貼　　衣媽思
拼音 ho.te.ru.o.　sa.ga.shi.te.　i.ma.su.
中譯 我在找飯店

説明

　　在旅遊時如果沒有預訂飯店，可以在當地的旅客詢問中心，向服務人員詢問飯店資訊，此時就可以用「ホテルを探しています」這句話。

情境對話

Ⓐ すみません。ビジネスホテルを探しています。

思咪媽誰嗯　遍基內思吼貼嚕喔　撒嘎吸貼　衣媽思

su.mi.ma.se.n.　bi.ji.ne.su.ho.te.ru.o.　sa.ga.shi.te.i.ma.su.

不好意思，我在找商務飯店。

Ⓑ ホテルでしたら、こちらのグランドホテルはいかがですか？

吼貼嚕爹吸他啦　口漆啦no　古啦嗯兜　吼貼嚕哇　衣咖嘎　爹思咖

ho.te.ru.de.shi.ta.ra.　ko.chi.ra.no.　gu.ra.n.do.ho.te.ru.wa.　i.ka.ga.de.su.ka.

飯店的話，這間格蘭飯店如何？

予約したいのですが
よ や く

发音 優呀哭　吸他衣no　爹思咖
拼音 yo.ya.ku.shi.ta.i.no. de.su.ga.
中譯 我要預約

說 明

　　向飯店訂房時，用「予約したいのですが」表達想
要預約的意思。而房型則有，雙人房(一張大床)「ダブ
ル」、雙人房(兩張床)「ツイン」和單人房「シングル」。

情境對話

A ダブルを 部屋予約したいのですが。
　　　　　ひと へ や やく

搭捕嚕喔　he偷嘿呀　優呀哭　吸他衣no　爹思嘎
da.bu.ru.o.　hi.to.he.ya.　yo.ya.ku. shi.ta.i.no. de.su.ga.
我要訂一間有雙人床的房間

B かしこまりました。ただいま空室をお調べい
　　　　　　　　　　　　　くうしつ　　しら
　　たします。

咖吸口媽哩媽吸他　他搭衣媽　哭一吸此喔　歐
吸啦背　衣他吸媽思
ka.shi.ko.ma.ri.ma.shi.ta. ta.da.i.ma. ku.shi.tsu.o.
o.shi.ra.be. i.ta.shi.ma.su.
好的，現在為您調查是否有空房。

静かな部屋にしてください

しず　　　　へや

發音　吸資咖拿　嘿呀你　吸貼　哭搭撒衣
拼音　shi.zu.ka.na. he.ya.ni. shi.te. ku.da.sa.i.
中譯　請給我安靜的房間

說　明

　　訂房時，向飯店要求房間的特殊需求時，可以用「～部屋にしてください」。

情境對話

Ⓐ 静かな部屋にしてください。
しず　　　　へや

　　吸資咖拿　嘿呀你　吸貼　哭搭撒衣
　　shi.zu.ka.na. he.ya.ni. shi.te. ku.da.sa.i.
　　請給我安靜的房間。

Ⓑ かしこまりました。

　　咖吸口媽哩媽吸他
　　ka.shi.ko.ma.ri.ma.shi.ta.
　　好的。

チェックアウトは何時(なんじ)ですか

發音・拼音・中譯

切・哭啊烏偷哇　拿嗯基　爹思咖
che.kku.a.u.to.wa. na.n.ji. de.su.ka.

退房是幾點

說明

「チェックイン」是入住，「チェックアウト」是退房的意思。

情境對話

Ⓐ チェックアウトは何時(なんじ)ですか？

切・哭啊烏偷哇　拿嗯基　爹思咖
che.kku.a.u.to.wa. na.n.ji. de.su.ka.
退房是幾點？

Ⓑ 午前(ごぜん) 10 時(じゅうじ)までです。

狗賊嗯　居－基　媽爹　　爹思
go.ze.n. ju.u.ji. ma.de. de.su.
早上10點之前。

タオルは追加でもらえますか

發音 他歐嚕哇　此衣咖爹　謀啦せ媽思咖

拼音 ta.o.ru.wa. tsu.i.ka.de. mo.ra.e.ma.su.ka.

中譯 可以多要毛巾嗎

說明

在客房內如果需要什麼物品的話，可以用「～を もらえますか」或「～ください」來表示。而「追加」則是追 加多要的意思。

情境對話

🅐 フロントです。

夫撺嗯偷　爹思
fu.ro.n.to.　de.su.
這裡是櫃檯。

🅑 すみません。タオルは追加でもらえますか？

思咪媽誰嗯　他歐嚕哇　此衣咖爹　謀啦せ媽思
咖
su.mi.ma.se.n. ta.o.ru.wa. tsu.i.ka.de. mo.ra.e.ma.
su.ka.
不好意思，我可以多要毛巾嗎？

どの方向ですか

發音 兜no吼－ロー　爹思咖

拼音 do.no.ho.u.ko.u.　de.su.ka.

中譯 哪個方向

說明

「どの」是哪個，「方向」是方向的意思；「どの方向ですか」就是問方向的時候可以使用的句子。

情境對話

A すみません、図書館に行きたいんですが、どの方向ですか？

思咪媽誰嗯　偷休咖嗯你　衣key他衣嗯　爹思嘎　兜no吼－ロー　爹思咖
su.mi.ma.se.n.　to.sho.ka.n.ni.　i.ki.ta.i.n. de.su.ga. do.no.ho.u.ko.u.　de.su.ka.

不好意思，我想要去圖書館，請問要往哪個方向？

B 図書館ですか？南のほうですよ。

偷休咖嗯　爹思咖　咪拿咪no　吼－爹思優
to.sho.ka.n.　de.su.ka.　mi.na.mi.no.　ho.u.de.su. yo.

圖書館嗎？要往南邊。

この便は予定通りに出発しますか

發音 口no逼嗯哇　優貼－兜－哩你　嘘・趴此　吸媽思咖

拼音 ko.no.bi.n.wa.　yo.te.i.do.o.ri.ni.　shu.ppa.tsu.　shi.ma.su.ka.

中譯 **這班飛機準時出發嗎**

說明

　　準時是「予定通り」，起飛、出發則是「出発します」。若是想問會誤點多久，則是說「どれくらい遅れているのですか」。

情境對話

A この便は予定通りに出発しますか？

口no逼嗯哇　優貼－兜－哩你　嘘・趴此　吸媽思咖

ko.no.bi.n.wa.　yo.te.i.do.o.ri.ni.　shu.ppa.tsu.　shi.ma.su.ka.

這班飛機準時出發嗎？

B はい、予定通り6時に出発します。

哈衣　優貼－兜－哩　撈哭基你　嘘・趴此　吸媽思

ha.i.　yo.te.i.do.o.ri.　ro.ku.ji.ni.　shu.ppa.tsu.　shi.ma.su.

是的，準時6點出發。

預けるバッグが1つあります

發音	阿資開嚕　巴・古嘎　he偷此　啊哩媽思
拼音	a.zu.ke.ru.　ba.ggu.ga.　hi.to.tsu.　a.ri.ma.su.
中譯	有1個行李要托運

說明

「預ける」有託運、寄放的意思，所以除了搭機時可以用這個字表示託運行李外，在飯店也可以用這個單字寄放行李。若是要將行李帶上飛機則是說「これは機内に持ち込みます」。

情境對話

A 預けるバッグが1つあります。

阿資開嚕　巴・古嘎　he偷此　阿哩媽思
a.zu.ke.ru.　ba.ggu.ga.　hi.to.tsu.　a.ri.ma.su.
有1個行李要托運。

B かしこまりました。

咖吸口媽哩媽吸他
ka.shi.ko.ma.ri.ma.shi.ta.
好的。

席^{せき}を変^かえていただけますか

發音 誰key喔　咖せ貼　衣他搭開媽思咖
拼音 se.ki.o. ka.e.te. i.ta.da.ke.ma.su.ka.
中譯 我可以換位子嗎

說明

在飛機上想換位子時，可以向服務人員說「席を変えていただけますか」。若是想和朋友一起坐，可以說「隣同士^{となりどうし}に座^{すわ}りたいのですが」。

情境對話

Ⓐ 席^{せき}を変^かえていただけますか？

誰key喔　咖せ貼　衣他搭開媽思咖
se.ki.o. ka.e.te. i.ta.da.ke.ma.su.ka.
我可以換位子嗎？

Ⓑ すみません。今日^{きょう}は満席^{まんせき}ですから席^{せき}が空^あいていないのです。

思咪媽嗯　克優－哇　媽嗯誰key　爹思咖啦　誰key嘎　阿衣貼衣拿衣no　爹思
su.mi.ma.se.n. kyo.u.wa. ma.n.se.ki. de.su.ka.ra. se.ki.ga. a.i.te.i.na.i.no. de.su.
不好意思，因為今天客滿，所以沒有空的位子。

歩いて行けますか

発音 阿嚕衣貼　衣開媽思咖
拼音 a.ru.i.te. i.ke.ma.su.ka.
中譯 用走的能走到嗎

說　明

　　「歩いて行けますか」詢問目的地是否能用步行的方式到達。問步行需要多久，則是說「歩いてどのくらいかかりますか」。問坐公車是否能到，則是說「バスで行けますか」。

情境對話

A 博物館まで歩いて行けますか？

哈哭捕此咖嗯　媽爹　阿嚕衣貼　衣開媽思咖
ha.ku.bu.tsu.ka.n. ma.de. a.ru.i.te. i.ke.ma.su.ka.
要去博物館的話，用走的走得到嗎？

- - -

B はい、5分くらいです。

哈衣　狗夫嗯　哭啦衣　爹思
ha.i. go.fu.n. ku.ra.i. de.su.
可以，大約走5分鐘。

- - -

住宿交通篇

何分くらいかかりますか
なんぶん

發音 拿嗯撲嗯　哭啦衣　咖咖哩媽思咖
拼音
中譯 na.n.pu.n.　ku.ra.i.ka.ka.ri.ma.su.ka.

需要幾分鐘

詢問篇　購物篇　飲食篇　觀光景點篇

說　明

　　「～何分くらいかかりますか」是詢問「要花多少時間」；而「～まで何分くらいかかりますか」是詢問到某處，需要花多少時間。

情境對話

A ホテルまで何分くらいかかりますか？
なんぶん

吼貼嚕　媽爹　拿嗯撲嗯　哭啦衣　咖咖哩媽思咖
ho.te.ru.　ma.de.　na.n.pu.n.　ku.ra.i.　ka.ka.ri.ma.su.ka.
到飯店需要幾分鐘？

身體狀況篇　請求協助篇

B 20分くらいです。
にじゅっぷん

你・居撲嗯　哭啦衣　爹思
ni.ju.ppu.n.　ku.ra.i.　de.su.
大約需要20分鐘。

心情感受篇　問候禮儀篇

清水寺にとまりますか
きよみずでら

微音 key優咪資爹啦你　偷媽哩媽思咖
拼音 ki.yo.mi.zu.de.ra.ni.　to.ma.ri.ma.su.ka.
中譯 會到清水寺嗎

說明

「とまります」是停車的意思,「～にとまりますか」這句話是用在詢問公車或是火車會不會停靠在想去的目的地。若是要問車子是否開往某處,則是說「～へ行きますか」。

情境對話

Ⓐ このバスは清水寺にとまりますか?
きよみずでら

口no巴思哇　key優咪資爹啦你　偷媽哩媽思咖
ko.no.ba.su.wa. ki.yo.mi.zu.de.ra.ni. to.ma.ri.ma.su.
ka.

這台公車會停清水寺嗎?

Ⓑ はい。

哈衣
ha.i.
會的。

始発列車は何時に出ますか
しはつれっしゃ なんじ で

發音 吸哈此勒・瞎哇 拿嗯基你 爹媽思咖

拼音 shi.ha.tsu.re.ssha.wa. na.n.ji.ni. de.ma.su.ka.

中譯 第一班車是幾點發車

(說 明)

「始発列車」也可以說成「始発」,是第一班車的意思。而「最終列車」則是最後一班車,也可以簡稱為「終電」。

(情境對話)

Ⓐ 東京行きの始発列車は何時に出ますか？
とうきょうゆ しはつれっしゃ なんじ で

偷一克優一瘚keyno 吸・哈此勒・瞎哇 拿嗯
基你 爹媽思咖

to.u.kyo.u.yu.ki.no. shi.ha.tsu.re.ssha.wa. na.n.ji.ni.
de.ma.su.ka.

往東京的第一班車是幾點發車？

Ⓑ 5時 10分です。
ごじじゅっぷん

狗基 居・撲嗯 爹思

go.ji. ju.ppu.n. de.su.

5點10分。

どのように行けばいいで
すか

發音拼音中譯 兜no優－你　衣開巴　衣－　爹思咖
do.no.yo.u.ni.　i.ke.ba.　i.i.　de.su.ka.
該怎麼走呢

說　明

「どのように」是詢問方法的時候使用。「どのように行けばいいですか」則是問怎麼走比較好。如果是問走的路對不對，則是說「道は合ってますか」。

情境對話

Ⓐ どのように行けばいいですか？

兜no優－你　衣開巴　衣－　爹思咖
do.no.yo.u.ni.　i.ke.ba.　i.i.　de.su.ka.
該怎麼走呢？

Ⓑ 電車で行くのが一番便利です。

爹嗯瞎爹　衣哭no嘎　衣漆巴嗯　背嗯哩　爹思
de.n.sha.de.　i.ku.no.ga.　i.chi.ba.n.　be.n.ri.　de.su.
坐火車去是最方便的。

この近くにスーパーはありますか

發音 ロno　漆咖哭你　思一趴一哇　阿哩媽思咖

拼音 ko.no.　chi.ka.ku.ni.　su.u.pa.a.wa.　a.ri.ma.su.ka.

中譯 這附近有超市嗎

說明

「この近くに～はありますか」用於詢問所在地附近的設施、目的地。

情境對話

A この近くにスーパーはありますか？

ロno　漆咖哭你　思一趴一哇　阿哩媽思咖

ko.no. chi.ka.ku.ni. su.u.pa.a.wa. a.ri.ma.su.ka.

這附近有超市嗎？

B はい、正面出口を出てから右にあります。

哈衣　休一妹嗯爹古漆喔　爹貼咖啦　咪個衣你
阿哩媽思

ha.i. sho.u.me.n.de.gu.chi.o. de.te.ka.ra. mi.gi.ni.
a.ri.ma.su.

有的，從正門出去右邊就是了。

住宿交通篇　詢問篇　購物篇　飲食篇　觀光景點篇　身體狀況篇　請求協助篇　心情感受篇　問候禮儀篇

ここはどこですか

_{發音} ロロ哇　兜ロ　爹思咖
_{拼音} ko.ko.wa.　do.ko.　de.su.ka.
_{中譯} 請問這裡是哪裡

說　明

「ここ」是「這裡」的意思；不曉得自己身在何處時，可以用「ここはどこですか」來詢問當時所在的位置及地名。

情境對話

A ここはどこですか？

ロロ哇　兜ロ　爹思咖
ko.ko.wa.　do.ko.　de.su.ka.
請問這裡是哪裡？

B ここは表参道通りです。

ロロ哇　歐謀貼撒嗯兜一偷一哩　爹思
ko.ko.wa.　o.mo.te.sa.n.do.u.to.o.ri.　de.su.
這裡是表參道。

地図に印を付けてもらえますか

發音 漆資你 吸嚕吸喔 此開貼 謀啦せ媽思咖

拼音 chi.zu.ni. shi.ru.shi.o. tsu.ke.te. mo.ra.e.ma.su.ka.

中譯 可以幫我在地圖上做記號嗎

說明

請求別人做某件事時，會用「～てもらえますか」的句型。請別人幫忙在地圖上面做標記時，就可以說「地図に印を付けてもらえますか」。

情境對話

A この地図に印を付けてもらえますか？

口no 漆資你 吸嚕吸喔 此開貼 謀啦せ媽思咖

ko.no. chi.zu.ni. shi.ru.shi.o. tsu.ke.te. mo.ra.e.ma.su.ka.

可以幫我在這張地圖上做記號嗎？

B はい。ボールペンありますか？

哈衣 玻一嚕呸嗯 阿哩媽思咖

ha.i. bo.o.ru.pe.n. a.ri.ma.su.ka.

好的，請問你有原子筆嗎？

最寄り駅はなに駅ですか

發音	謀優哩せkey哇　拿你せkey　爹思咖
拼音	mo.yo.ri.e.ki.wa.　na.ni.e.ki.　de.su.ka.
中譯	最近的車站是哪一站

說明

「最寄り駅」是「最近的車站」的意思，詢問最近的車站是哪一站，就可以用「最寄り駅はなに駅ですか」詢問。

情境對話

Ⓐ 東京ドームの最寄り駅はなに駅ですか？

偷－克優－兜－母no　謀優哩せkey哇　拿你せkey　爹思咖

to.u.kyo.u.do.o.mu.no.　mo.yo.ri.e.ki.wa.　na.ni.e.ki. de.su.ka.

離東京巨蛋最近的車站是哪一站？

Ⓑ 水道橋駅です。

思衣兜—巴吸せkey爹思

su.i.do.u.ba.shi.e.ki. de.su.

水道橋站。

往復きっぷください
おうふく

發音	歐一夫哭　key‧撲　哭搭撒衣
拼音	o.u.fu.ku. ki.ppu. ku.da.sa.i.
中譯	我要買來回票

說　明

「きっぷ」是車票的意思，「往復」為來回，「片道」
則是單程。售票處則為「きっぷ売り場」。

情境對話

Ⓐ 往復きっぷください。
おうふく

　歐一夫哭　key‧撲　　哭搭撒衣
　o.u.fu.ku. ki.ppu. ku.da.sa.i.
　我要買來回票。

Ⓑ はい、 4200 円です。
よんせんにひゃくえん

　哈衣 優嗯誰嗯 你合哭せ嗯 爹思
　ha.i. yo.n.se.n. ni.hya.ku.e.n. de.su.
　好的，一共是4200日圓。

詢問篇

ありますか

發音 阿哩媽思咖
拼音 a.ri.ma.su.ka.
中譯 有嗎

說明

「あります」是「有」的意思，「ありますか」是用來詢問有沒有時常用的句子。

情境對話

A これありますか？

口勒 阿哩媽思咖
ko.re. a.ri.ma.su.ka.
有這個嗎？

B 倉庫にあるかもしれないので、見てきます。

搜口─你 阿嚕咖謀 吸勒拿衣 no爹 咪貼 key媽思
so.u.ko.ni. a.ru.ka.mo. shi.re.na.i. no.de. mi.te.ki.ma.su.
倉庫裡說不定會有，我去看看。

A お願いします。

歐內嘎衣吸媽思
o.ne.ga.i.shi.ma.su.
麻煩你。

ここに座^{すわ}ってもいいですか

口口你　思哇・貼謀　衣一爹思咖
ko.ko.ni. su.wa.tte.mo. i.i.de.su.ka.
我可以坐在這裡嗎

説　明

請求對方的同意時，可以使用「…てもいいですか」的句型。

情境對話

Ⓐ ここに座^{すわ}ってもいいですか？

口口你　思哇・貼謀　衣一爹思咖
ko.ko.ni. su.wa.tte.mo. i.i.de.su.ka.
我可以坐在這裡嗎？

Ⓑ はい、どうぞ。

哈衣　兜一走
ha.i. do.u.zo.
可以的，請。

入ってもいいですか
はい

發音 哈衣・貼謀 衣ー 爹思咖
拼音 ha.i.tte.mo. i.i. de.su.ka.
中譯 可以進去嗎

說明

「～てもいいですか」是請求對方的許可。在觀光地如果想要進到裡面參觀，可以問服務人員「入ってもいいですか」。

情境對話

A 中に入ってもいいですか？
なか はい

拿咖你 哈衣・貼謀 衣ー 爹思咖
na.ka.ni. ha.i.tte.mo. i.i. de.su.ka.
可以進去裡面嗎？

B はい、大丈夫です。どうぞ。
だいじょうぶ

哈衣 搭衣糾－捕 爹思 兜ー走
ha.i. da.i.jo.u.bu. de.su. do.u.zo.
可以的，請進。

住宿交通篇

詢問篇

購物篇 飲食篇 觀光景點篇 身體狀況篇 請求協助篇 心情感受篇 問候禮儀篇

これは何^{なん}ですか

發音 口勒哇　拿嗯爹思咖
拼音 ko.re.wa.　na.n.de.su.ka.
中譯 這是什麼

說　明

　　要向人請問眼前的東西是什麼時，就可以說「これは何ですか」如果是比較遠的東西可以說「あれは何ですか」。「～は何ですか」意同於「～是什麼?」，所以前面可以加上想問的東西或事情。

情境對話

Ⓐ これは何^{なん}ですか？

　　口勒哇　拿嗯爹思咖
　　ko.re.wa.　na.n.de.su.ka.
　　這是什麼？

Ⓑ チェリーパイです。

　　切哩ー趴衣　爹思
　　che.ri.i.pa.i.　de.su.
　　這是櫻桃派。

Ⓐ じゃ。1つ^{ひと}ください。

　　加　he偷此　哭搭撒衣
　　ja.hi.to.tsu.　ku.da.sa.i.
　　這樣啊。請給我一份。

どこですか

発音 兜口爹思咖

拼音 do.ko.de.su.ka.

中譯 在哪裡呢

說明

「～はどこですか」是「～在哪裡?」之意。

情境對話

A すみません、博多駅はどこですか？

思咪媽誰嗯　哈咖他せkey哇　兜口爹思咖
su.mi.ma.se.n. ha.ka.ta.e.ki.wa. do.ko.de.su.ka.
不好意思，請問博多車站在哪裡呢？

B 博多駅ですか？

哈咖他せkey爹思咖
ha.ka.ta.e.ki.de.su.ka.
博多車站嗎？

A はい。

哈衣
ha.i.
是的。

ちょっといいですか

發音 秋・偷　衣一爹思咖
拼音 cho.tto. i.i.de.su.ka.
中譯 你有空嗎

說　明

　　有事要找人商量，或是有求於人，但又怕對方正在忙，會用「ちょっといいですか」先確定對方有沒有空傾聽。

情境對話

A ちょっといいですか？

秋・偷　衣一爹思咖

cho.tto.i.i.de.su.ka.

你有空嗎？

B 何<ruby>でしょうか</ruby>？

拿嗯爹休一咖

na.n.de.sho.u.ka.

怎麼了嗎？

A 実<ruby>は相談</ruby>したいことがあるんですが。

基此哇　搜一搭嗯吸他衣　口偷嘎　阿嚕嗯爹思嘎

ji.tsu.wa.so.u.da.n.shi.ta.i. ko.to.ga. a.ru.n.de.su.ga.

我有點事想和你談談。

どうしましたか

發音 兜一吸媽吸他咖

拼音 do.u.shi.ma.shi.ta.ka.

中譯 怎麼了嗎

說明

　　看到需要幫助的人，或是覺得對方有異狀，想要主動關心時，就用「どうしましたか」。

情境對話

A 誰か助けて！

搭勒咖　他思開貼
da.re.ka.　ta.su.ke.te.
救命啊！

B どうしましたか？

兜一吸媽吸他咖
do.u.sh.ma.shi.ta.ka.
發生什麼事了？

いくらですか

發音 衣哭啦　爹思咖

拼音 ko.re. i.ku.ra. de.su.ka.

中譯 多少錢

説　明

　　購物或聊天時，想要詢問物品的價格，用這個字，可以讓對方了解自己想問的是多少錢。

情境對話

A これ、いくらですか？

口勒　衣哭啦　爹思咖

ko.re. i.ku.ra. de.su.ka.

這個要多少錢？

B 1300 円です。

誰嗯撒嗯逼呀哭世嗯爹思

se.n.sa.n.bya.ku.e.n.de.su.

1300日圓。

A じゃ、これください。

加　口勒　哭搭撒衣

ja.ko.re. ku.da.sa.i.

那麼，請給我這個。

お勧めは何ですか

發音 歐思思妹哇　拿嗯爹思咖

拼音 o.su.su.me.wa.na.n.de.su.ka.

中譯 你推薦什麼

說明

在餐廳或是店面選購物品時，可以用這句話來詢問店員有沒有推薦的商品。

情境對話

A お勧めは何ですか？

歐思思妹哇　拿嗯爹思咖

o.su.su.me.wa.　na.n.de.su.ka.

你推薦什麼呢？

B カレーライスは人気メニューです。

咖勒一啦衣思哇　你嗯key妹女一　爹思

ka.re.e.ra.i.su.wa.　ni.n.ki.me.nyu.u.　de.su.

咖哩飯很受歡迎。

何時ですか
なんじ

發音	拿嗯基爹思咖
拼音	na.n.ji.de.su.ka.
中譯	幾點呢

說 明

詢問時間、日期的時候，可以用「いつ」。而只想要詢問時間是幾點的時候，也可以使用「何時」，來詢問確切的時間。

情境對話

A 来週の会議は何曜日ですか？
らいしゅう かいぎ なんようび

啦衣嘘－no 咖衣個衣哇 拿嗯優－逼 爹思咖
ra.i.shu.u.no. ka.gi.wa. na.n.yo.u.bi. de.su.ka.
下週的會議是星期幾？

B 金曜日です。
きんようび

key嗯優－逼爹思
ki.n.yo.u.bi.de.su.
星期五。

A 何時ですか？
なんじ

拿嗯基 爹思咖
na.n.ji. de.su.ka.
幾點開始呢？

いつですか

發音 衣此爹思咖

拼音 i.tsu.de.su.ka.

中譯 什麼時候

(說　明)

想要向對方確認時間、日期的時候，用這個字就可以順利溝通了。

(情境對話)

A 誕生日はいつですか？

他嗯糾一遍哇 衣此 爹思咖

ta.n.jo.u.bi.wa. i.tsu. de.su.ka.

生日是什麼時候？

- -

B 10月10日です。

居一嘎此偷一咖 爹思

ju.u.ga.tus.to.o.ka. de.su.

10月10日。

- -

本当ですか
ほんとう

發音 吼嗯偷－爹思咖

拼音 ho.n.to.u.de.su.ka.

中譯 真的嗎

說　明

　　聽完對方的說法之後，要確認對方所說的是不是真的，或者是覺得對方所說的話不大可信時，可以用這句話來表示心中的疑問。

情境對話

A 誰もいません。
だれ

搭勒謀　衣媽誰嗯

da.re.mo.　i.ma.se.n.

沒有人在。

B 本当ですか？変ですね。
ほんとう　　　　へん

吼嗯偷－爹思咖　嘿嗯爹思內

ho.n.to.u.de.su.ka. he.n.de.su.ne.

真的嗎？那真是奇怪。

<ruby>何<rt>なに</rt></ruby>

發音 拿你

拼音 na.ni.

中譯 什麼

說明

「なに」是什麼的意思。另外可以用在詢問所看到的人、事、物是什麼。

情境對話

Ⓐ <ruby>何<rt>なに</rt></ruby>が<ruby>食<rt>た</rt></ruby>べたいですか？

拿你嘎　他背他衣　爹思咖
na.ni.ga. ta.be.ta.i. de.su.ka.
你想吃什麼？

Ⓑ カレーが<ruby>食<rt>た</rt></ruby>べたいです。

咖勒一嘎　他背他衣　爹思
ka.re.e.ga. ta.be.ta.i. de.su.
我想吃咖哩。

どんな

發音 兜嗯拿
拼音 do.n.na.
中譯 什麼樣的

說明

這個字有「怎麼樣的」、「什麼樣的」之意，比如在詢問這是什麼樣的商品、這是怎麼樣的漫畫時，都可以使用。

情境對話

Ⓐ どんな部屋をご希望ですか？

兜嗯拿　嘿呀喔　狗key玻一爹思咖

do.n.na. he.ya.o. go.ki.bo.u.de.su.ka.

你想要什麼樣的房間呢？

Ⓑ シングルルームお願いします。

吸嗯古嚕嚕一母歐內嘎衣吸媽思

shi.n.gu.ru.ru.u.mu.o.ne.ga.i.shi.ma.su.

我要單人房。

どういうこと

發音 兜一衣烏口偷
拼音 do.u.i.u.ko.to.
中譯 怎麼回事

說　明

　　當對方敘述了一件事，讓人搞不清楚是什麼意思，或者是想要知道詳情如何的時候，可以用「どういうこと」來表示疑惑，對方聽了之後就會再詳加解釋。但要注意語氣，若時語氣顯出不耐煩或怒氣，反而會讓對方覺得你是在挑釁喔！

情境對話

A 画面にタッチしても反応しません。これはどういうことですか？

嘎妹嗯你 他・漆吸貼謀 哈嗯no—吸媽誰嗯 口勒哇 兜一衣烏口偷 爹思咖

ga.me.n.ni. ta.cchi.shi.te.mo. ha.n.no.u.shi.ma.se.n. ko.re.wa. do.u.i.u.ko.to. de.su.ka.

觸碰畫面也沒反應，這是怎麼回事？

A 電源は入っていますか？

爹嗯給嗯哇 哈衣・貼 衣媽思咖

de.n.ge.n.wa. ha.i.tte. i.ma.su.ka.

打開電源了嗎？

どうすればいいですか

發音 兜一思勒巴　衣一爹思咖

拼音 do.u.su.re.ba. i.i.de.su.ka.

中譯 **該怎麼做才好呢**

說　明

　　當心中抓不定主意，慌了手腳的時候，可以用這句話來向別人求救。希望別人提供建議、做法的時候，也能使用這句話。

情境對話

Ａ 住所を変更したいんですが、どうすればいいですか？

居一休喔　嘿嗯ロ一吸他衣嗯爹思嘎　兜一思勒巴　衣一爹思咖

ju.u.sho.o. he.n.ko.u.shi.ta.i.n.de.su.ga. do.u.su.re.ba. i.i.de.su.ka.

我想要變更地址，請問該怎麼做呢？

- -

Ｂ ここに住所、氏名を書いて、下にサインしてください。

口口你　居一休　吸妹一喔　咖衣貼　吸他你撒衣嗯吸貼　哭搭撒衣

ko.ko.ni. ju.u.sho. shi.me.i.o. ka.i.te. shi.ta.ni. sa.i.n.shi.te. ku.da.sa.i.

請在這裡寫下你的地址和姓名，然後再簽名。

- -

何と言いますか
なん　い

發音　拿嗯偷　衣一媽思咖
拼音　na.n.to.　i.i.ma.su.ka.
中譯　怎麼說呢

說　明

　不知道某個單字或句子該怎麼說的時候，就可以用這句話來詢問。想要詢問日文說法時，就可以說「日本語で何と言いますか」。

情境對話

A パープルは日本語で何と言いますか？
　　　　　　にほんご　なん　い

　趴一撲嚕哇　你吼嗯狗爹　拿嗯偷　衣一媽思咖
　pa.a.pu.ru.wa. ni.ho.n.go.de. na.n.to.　i.i.ma.su.ka.
　purple的日文怎麼説？

B むらさきです。

　母啦撒key爹思
　mu.ra.sa.ki.de.su.
　是紫色。

誰ですか

發音	搭勒爹思咖
拼音	da.re.de.su.ka.
中譯	是誰

說　明

　　要問談話中所指的人是誰，或是問誰做了這件事等，都可以使用這個字來發問。

情境對話

Ⓐ あの人は誰ですか？

阿nohe偷哇　搭勒爹思咖
a.no.hi.to.wa.　da.re.de.su.ka.
那個人是誰？

- -

Ⓑ 佐藤先輩です。

撒偷一誰嗯趴衣爹思
sa.to.u.se.n.pa.i.de.su.
佐藤學長。

いかがですか

發音 衣咖嘎爹思咖
拼音 i.ka.ga.de.su.ka.
中譯 如何呢

說明

詢問對方是否需要此項東西，或是覺得自己的提議如何時，可以用這個字表達。是屬於比較禮貌的用法，在飛機上常聽到空姐說的「コーヒーいかがですか」，就是這句話的活用。

情境對話

A コーヒーをもういっぱいいかがですか？

ローhe一喔 謀一衣・趴衣 衣咖嘎 爹思嘎
ko.o.hi.i.o. mo.u. i.ppa.i. i.ka.ga. de.su.ka.
再來一杯咖啡如何？

B 結構です。

開・ロー爹思
ke.kko.u.de.su.
不用了。

どう思いますか

發音 兜一喔謀衣媽思咖

拼音 do.u. o.mo.i.ma.su.ka.

中譯 覺得如何

說明

　　而想詢問對方對於某件事物的看法時，則是用
「どう思います」來問對方覺得如何。

情境對話

A どう思いますか？

兜一　歐謀衣媽思咖

do.u. o.mo.i.ma.su.ka.

你覺得如何？

B すばらしいです。

思巴啦啦吸一爹思

su.ba.ra.shi.i. de.su.

很傑出。

キャンセルはできますか

發音 克呀嗯誰嚕哇　爹key媽思咖
拼音 kya.n.se.ru.wa.　de.ki.ma.su.ka.
中譯 可以取消嗎

(說　明)

「キャンセル」是取消的意思。訂房後，如果想要取消的話，則用「キャンセルはできますか」表達。

(情境對話)

A キャンセルはできますか？

克呀嗯誰嚕哇　爹key媽思咖
kya.n.se.ru.wa.　de.ki.ma.su.ka.
可以取消嗎？

B はい、2週間以上前にキャンセルすればキャンセル料はかかりません。

哈衣　你噓一咖嗯　衣糾一　媽せ你　克呀嗯誰
嚕　思勒巴　克呀嗯誰嚕溜一哇　咖咖哩媽誰嗯
ha.i.　ni.shu.u.ka.n.　i.jo.u.　ma.e.ni.　kya.n.se.ru.
su.re.ba.　kya.n.se.ru.ryo.u.wa.　ka.ka.ri.ma.se.n.
可以的。如果是入住2週以前的話，則不需付取消的手續費。

どれくらい時間がかかり
ますか

發音 兜勒哭啦衣　基咖嗯嘎　咖咖哩媽思咖

拼音 do.re.ku.ra.i. ji.ka.n.ga. ka.ka.ri.ma.su.ka.

中譯 要花多久時間

說明

「くらい」是「大約」的意思。「どれくらい時間がかかり
ますか」則是問需要多少時間。

情境對話

A このミュージカルを見るのにどれくらい
時間かかりますか？

ロno 咪瘀一基咖嚕喔 咪嚕no你 兜勒哭啦衣基咖
嗯 咖咖哩媽思咖

ko.no. my.u.ji.ka.ru.o. mi.ru.no.ni. do.re.kku.ra.i. ji.
ka.n. ka.ka.ri.ma.su.ka.

這部音樂劇的時間大約多長？

B 3時間くらいです。

撒嗯基咖嗯　哭啦衣　爹思

sa.n.ji.ka.n. ku.ra.i. de.su.

大約需要3小時。

頂いてもよろしいですか

發音 衣他搭衣貼謀　優攖吸－　爹思咖

拼音 i.ta.da.i.te.mo.　yo.ro.shi.i.　de.su.ka.

中譯 可以給我嗎／可以拿嗎

說明

　　請問對方自己是否能夠拿某樣東西。也可以說「もらってもいいですか」或是「これをいただけますか」。

情境對話

A このパンフレット、頂いてもよろしいですか？

口no　趴嗯夫勒・偷　衣他搭衣貼謀　優攖吸－爹思咖

ko.no.　pa.n.fu.re.tto.　i.ta.da.i.te.mo.　yo.ro.shi.i.de.su.ka.

這場刊可以拿嗎？

B はい、どうぞ。

哈衣　兜－走

ha.i.　do.u.zo.

好的，請。

購物篇

あれを見せてください

發音 搜勒喔 咪誰貼 哭搭撒衣

拼音 a.re.o.mi.se.te. ku.da.sa.i.

中譯 請給我看那個

説明

「見せてください」是要求「給我看」的意思。

情境對話

A あれを見せてください。

搜勒喔 咪誰貼 哭搭撒衣
a.re.o. mi.se.te. ku.da.sa.i.
(指著商品)請給我看那個。

B はい、どうぞ。

哈衣 兜一走
ha.i. do.u.zo.
好的，請。

これください

啟音 ロ勒哭搭撒衣
拼音 ko.re.ku.da.sa.i.
中譯 請給我這個

說 明

　　要求別人做什麼事的時候，後面加上ください，就表示了禮貌，相當於是中文裡的「請」。

情境對話

A これください。

口勒哭搭撒衣
ko.re.ku.da.sa.i.
請給我這個。

B かしこまりました。

咖吸口媽哩媽吸他
ka.shi.ko.ma.ri.ma.shi.ta.
好的。

安^{やす}くしてもらえませんか

住宿交通篇

詢問篇

購物篇

飲食篇

觀光景點篇

身體狀況篇

請求協助篇

心情感受篇

問候禮儀篇

發音 呀思哭吸貼　謀啦せ媽誰嗯咖

拼音 ya.su.ku.shi.te.　mo.ra.e.ma.se.n.ka.

中譯 可以算便宜一點嗎

說明

「安^{やす}い」是便宜，「高^{たか}い」則是貴。

情境對話

Ⓐ 安^{やす}くしてもらえませんか？

呀思哭吸貼　謀啦せ媽誰嗯咖
ya.su.ku.shi.te.　mo.ra.e.ma.se.n.ka.
可以算便宜一點嗎？

Ⓑ いや、あの…それはちょっと…。

衣呀　啊no　搜勒哇　秋・偷
i.ya.　a.no.　so.re.wa.　cho.tto.
呃，這個…有一點困難。

カードで支払^{しはら}いたいのですが

咖一兜爹　吸哈啦衣他衣no　爹思咖
ka.e.do.de.　shi.ha.ra.i.ta.i.no.　de.su.ga.
可以刷卡嗎

說明

「カード」是信用卡的意思，「～で支払^{しはら}いたい」則是表示想要用的付款方式。

情境對話

Ａ カードで支払^{しはら}いたいのですが。

咖一兜爹　吸哈啦衣他衣no　爹思咖
ka.e.do.de.　shi.ha.ra.i.ta.i.no.　de.su.ga.
可以刷卡嗎？

- -

Ｂ はい、かしこまりました。

哈衣　咖吸口媽哩媽吸他
ha.i.　ka.shi.ko.ma.ri.ma.shi.ta.
好的。

- -

領収書ください
りょうしゅうしょ

發音 溜一嘘一休 哭搭撒衣

拼音 ryo.u.shu.u.sho. ku.da.sa.i.

中譯 請給我收據

說 明

「～ください」是請對方給東西。「領収書」則是收據的意思。
りょうしゅうしょ

情境對話

Ⓐ 領収書ください。
りょうしゅうしょ

溜一嘘一休 哭搭撒衣
ryo.u.shu.u.sho. ku.da.sa.i.
請給我收據。

- -

Ⓑ かしこまりました。少々お待ちください。
しょう ま

咖吸口媽哩媽吸他 休一休一 歐媽漆 哭搭撒
衣
ka.shi.ko.ma.ri.ma.shi.ta. sho.u.sho.u. o.ma.chi.ku.
da.sa.i.
好的，請稍候。

- -

カバンがほしいんですけど。

發音 拼音 中譯
咖巴嗯嘎　吼吸一嗯　爹思開兜
ka.ba.n.ga. ho.shi.n. de.su.ke.do.

我想要買包包

說　明

表示想要買的東西時，用「～がほしい」的句型。
也可以說「～を探しています」。

情境對話

A いらっしゃいませ。

衣啦・瞎衣媽誰
i.ra.ssha.i.ma.se.

歡迎光臨。

B 通勤で使うカバンが欲しいんですけど、おす
すめはありますか？

此一key嗯爹　此咖烏　咖巴嗯嘎　吼吸一嗯
爹思開兜　歐思思妹哇　阿哩媽思咖
tsu.u.ki.n.de. tsu.ka.u. ka.ba.n.ga. ho.shi.i.n. de.
su.ke.do. o.su.su.me.wa. a.ri.ma.su.ka.

我想找上班用的包包，有推薦的商品嗎？

プレゼントです

撲勒賊嗯偷　爹思
pu.re.ze.n.to.　de.su.
中譯 是要送人的

說　明

購物時，想請店包將商品加以包裝，好拿來送人時，可以在結帳的時候，跟店員說「プレゼントです」，表示這是要送人的禮物。

情境對話

A プレゼントです。贈り物用に包んでもらえますか？

撲勒賊嗯偷　爹思　歐哭哩謀no優一你　此此嗯爹　謀啦せ媽思咖
pu.re.ze.n.to.de.su.　o.ku.ri.mo.no.yo.u.ni.　tsu.tsu.n.de.　mo.ra.e.ma.su.ka.
這是要送人的，可以幫我包裝嗎？

B かしこまりました。

咖吸口媽哩媽吸他
ka.shi.ko.ma.ri.ma.shi.ta.
好的。

ご自宅用ですか

發音 狗基他哭優ー 爹思咖
拼音 go.ji.ta.ku.yo.u. de.su.ka.
中譯 是自己用嗎

(說　明)

　　購物時，店員會用「ご自宅用ですか」詢問購買的商品是自家用還是送人的，如果是自己用的話，就是「自宅用です」。

(情境對話)

Ⓐ こちらの商品はご自宅用ですか？

口漆啦no 休ーhe嗯哇 狗基他哭優ー 爹思咖
ko.chi.ra.no. sho.u.hi.n.wa. go.ji.ta.ku.yo.u. de.su.ka.

這個商品是您要自用的嗎？

Ⓑ いいえ、プレゼントです。

衣ーせ 撲勒賊嗯偷 爹思
i.i.e. pu.re.ze.n.to.de.su.

不，是要送人的。

Ⓐ かしこまりました。

咖吸口媽哩媽吸他
ka.shi.ko.ma.ri.ma.shi.ta.

好的。

別々に包んでもらえますか

發音 背此背此你　此此嗯爹　謀啦せ媽思咖

拼音 be.tsu.be.tsu.ni. tsu.tsu.n.de. mo.ra.e.ma.su.ka.

中譯 要分開裝嗎

說明

「別々に」是「分別」「個別」的意思，「別々に包んで
もらえますか」是請對方將商品分開包裝。

情境對話

A 別々に包んでもらえますか？

背此背此你 此此嗯爹 謀啦せ媽思咖

be.tsu.be.tsu.ni. tsu.tsu.n.de. mo.ra.e.ma.su.ka.

可以幫我分開包嗎？

B かしこまりました。少々お待ちください。

咖吸口媽哩媽吸他 休一休一 歐媽漆 哭搭撒衣

ka.shi.ko.ma.ri.ma.shi.ta. sho.u.sho.u. o.ma.chi. ku.
da.sa.i.

好的，請稍等。

ちょっと見ているだけです

發音 拼音 中譯
秋・偷　咪貼　衣嚕　搭開　爹思
cho.tto.　mi.te.　i.ru.　da.ke.　de.su.
只是看看

說明

逛街時，遇店員詢問需求，如果沒有特別想買什麼，只是隨便逛逛看看，就可以說「ちょっと見ているだけです」。

情境對話

Ⓐ いらっしゃいませ。何かお探しですか？

　　衣啦・瞎衣媽誰　拿你咖　歐撒咖吸　爹思咖
　　i.ra.ssha.i.ma.se.　na.ni.ka.　o.sa.ga.shi.de.su.ka.
　　歡迎光臨，在找什麼樣的商品嗎？

Ⓑ いや、ちょっと見ているだけです。

　　衣呀　秋・偷　咪貼　衣嚕　搭開　爹思
　　i.ya.　cho.tto.　mi.te.　i.ru.　da.ke.　de.su.
　　不，我只是看看。

ほかにありませんか

發音 吼咖你　啊哩媽誰嗯咖
拼音 ho.ka.ni. a.ri.ma.se.n.ka.
中譯 還有其他的嗎

說　明

　　購物時，如果不滿意看到的商品，想問店員還有沒有其他商品，即可以用「ほかにありませんか」表示詢問。

情境對話

Ⓐ これはちょっと大きいですね。ほかにありませんか？

　　口勒哇　秋・偷　歐－key－　爹思內　吼咖你
　　阿哩媽誰嗯咖
　　ko.re.wa. cho.tto. o.o.ki.i.de.su.ne. ho.ka.ni. a.ri.ma.se.n.ka.
　　這個有點太大了。還有別的嗎？

Ⓑ こちらの商品はいかがですか？

　　口漆啦no　休－he嗯哇　衣咖嘎爹思咖
　　ko.chi.ra.no. sho.u.hi.n.wa. i.ka.ga.de.su.ka.
　　這邊的商品您覺得怎麼樣？

どれが一番いいですか

發音 兜勒嘎　衣漆巴嗯　衣一　爹思咖
拼音 do.re.ga. i.chi.ba.n. i.i. de.su.ka.
中譯 **哪個最好**

說明

「どれ」是「哪個」的意思。「一番」是「最」「第一」的意思。

情境對話

A どれが一番いいですか？

　　兜勒嘎　衣漆巴嗯　衣一　爹思咖
　　do.re.ga. i.chi.ba.n. i.i. de.su.ka.
　　哪個是最好的？

- -

B そうですね。こちらの商品は人気があります。

　　搜一　爹思內　口漆啦no　休一he嗯哇　你嗯key
　　嘎　阿哩媽思
　　so.u. de.su.ne. ko.chi.ra.no. sho.u.hi.n.wa. ni.n.ki.
　　ga. a.ri.ma.su.
　　這個嘛，這邊的商品都很受歡迎。

これを台湾に送ってくれますか

発音拼音中譯
口勒喔　他衣哇嗯你　歐哭・貼　哭勒媽思咖
ko.re.o. ta.i.wa.n.ni. o.ku.tte. ku.re.ma.su.ka.

這可以送到台灣嗎

說明

「送ってくれますか」是請對方運送或郵寄的意思，在「に」前面加上地名或對象，表示需要送達的地方或對象。

情境對話

Ⓐ これを台湾に送ってくれますか？

口勒喔　他衣哇嗯你　歐哭・貼　哭勒媽思咖
ko.re.o. ta.i.wa.n.ni. o.ku.tte. ku.re.ma.su.ka.

這個可以送到台灣嗎？

Ⓑ はい、承ります。

哈衣　烏開他媽哇哩媽思
ha.i. u.ke.ta.ma.wa.ri.ma.su.

可以，可以為您辦理。

住宿交通篇　詢問篇　**購物篇**　飲食篇　觀光景點篇　身體狀況篇　請求協助篇　心情感受篇　問候禮儀篇

取り寄せてもらえますか

發音	偷哩優誰貼　謀啦せ媽思咖
拼音	to.ri.yo.se.te. mo.ra.e.ma.su.ka.
中譯	可以幫我調貨嗎

說明

「取り寄せ」是調貨的意思。「～てもらえますか」是表示要求、請求。

情境對話

Ⓐ 白いのを取り寄せてもらえますか？

吸撲衣no喔　偷哩優誰貼　謀啦e媽思咖

shi.ro.i.no.o. to.ri.yo.se.te. mo.ra.e.ma.su.ka.

可以幫我調白色的貨嗎？

Ⓑ かしこまりました。ただいま在庫をお調べします。

咖吸口媽哩媽吸他　他搭衣媽　紫衣口喔　歐吸啦背媽媽思

ka.shi.ko.ma.ri.ma.shi.ta. ta.da.i.ma. za.i.ko.o. o.shi.ra.be.shi.ma.su.

好的，現在為你調查庫存。

試着してもいいですか
しちゃく

發音 吸掐哭　吸貼謀　衣一　爹思咖

拼音 shi.cha.ku.　shi.te.mo.　i.i.　de.su.ka.

中譯 可以試穿嗎

說　明

「試着」是試穿的意思，「試食」則是試吃；「～ても
しちゃく　　　　　　　　　　　　　　しし ょく
いいですか」用於詢問可不可以做某件事。

情境對話

Ⓐ すみません。これを試着してもいいですか？
　　　　　　　　　　　　しちゃく

　　思咪媽誰嗯　　口勒喔　吸掐哭　吸貼謀　衣一
　　爹思咖

　　su.mi.ma.se.n.　ko.re.o.　shi.cha.ku.　shi.te.mo.　i.i.
　　de.su.ka.

　　請問，這個可以試穿嗎？

- -

Ⓑ はい。こちらへどうぞ。

　　哈衣　口漆啦せ　兜一走
　　ha.i.　ko.chi.ra.e.　do.u.zo.

　　可以，這邊請。

- -

交換してもらえますか
こうかん

<small>發音</small> ロー咖嗯　吸貼　謀啦せ媽思咖

<small>拼音</small> ko.u.ka.n. shi.te. mo.ra.e.ma.su.ka.

<small>中譯</small> 可以換嗎

說　明

「交換」是換貨，「返品」則是退貨。
こうかん　　　　　　　　　へんぴん

情境對話

Ⓐ すみません。間違って購入してしまったの
まちが　　こうにゅう
で、交換してもらえますか？
こうかん

思咪媽誰嗯　媽漆嘎・貼　ロー女ー　吸貼　吸
媽・他no爹　ロー咖嗯　吸貼　謀啦せ媽思咖
su.mi.ma.se.n. ma.chi.ga.tte. ko.u.nyu.u. shi.te. shi.
ma.tta.no.de. ko.u.ka.n.shi.te. mo.ra.e.ma.su.ka.
不好意思，我買錯了,可以換嗎？

Ⓑ かしこまりました。レシートお持ちでしょう
も
か？

咖吸口媽哩媽吸他　勒吸ー偷　歐謀漆　爹休ー
咖
ka.shi.ko.ma.ri.ma.shi.ta. re.shi.i.to. o.mo.chi.de.
sho.u.ka.
好的。請問有收據嗎？

それはどこで買えますか

發音 拼音 中譯	搜勒哇 兜口爹 咖せ媽思咖
	so.re.wa. do.ko.de. ka.e.ma.su.ka.
	那在哪裡買得到

說明

對別人的東西很感興趣，想問對方是在哪裡買的，就用「それはどこで買えますか」表示詢問。「どこで買えますか」是表示「哪裡得到」。

情境對話

A それはどこで買えますか？

搜勒哇 兜口爹 咖せ媽思咖

so.re.wa. do.ko.de. ka.e.ma.su.ka.

那在哪裡買得到？

B 駅前のスーパーに売っています。

せkey媽せno 思－趴－你 烏・貼 衣媽思

e.ki.ma.e.no. su.su.pa.a.ni. u.tte. i.ma.su.

車站前的超市有賣。

丈<ruby>たけ<rt></rt></ruby>を直<ruby>なお<rt></rt></ruby>していただけますか

發音	他開喔　拿喔吸貼　衣他搭開媽思咖
拼音	ta.ke.o.　na.o.shi.te.　i.ta.da.ke.ma.su.ka.
中譯	可以改長度嗎

說　明

「丈直<ruby>たけなお<rt></rt></ruby>し」是修改長度的意思。「～ていただけますか」是請對方做某件事時所使用的句型。

情境對話

A 丈<ruby>たけ<rt></rt></ruby>を直<ruby>なお<rt></rt></ruby>していただけますか？

他開喔　拿喔吸貼　衣他搭開媽思咖
ta.ke.o.　na.o.shi.te.　i.ta.da.ke.ma.su.ka.
可以改長度嗎？

B かしこまりました。このくらいでいかがでしょうか？

咖吸口媽哩媽吸他　口no哭啦衣爹　衣咖嘎　爹休一咖
ka.shi.ko.ma.ri.ma.shi.ta.　ko.no.ku.ra.i.de.　i.ka.ga.de.sho.u.ka.
好的，這個長度怎麼樣？

計算が間違っていませんか

發音 開一撒嗯嘎　媽漆嘎・貼　衣媽誰嗯咖
拼音 ke.i.sa.n.ga. ma.chi.ga.tte. i.ma.se.n.ka.
中譯 你好像算錯錢了

說明

　　結帳時覺得金額有問題時，用「計算が間違っていませんか」表示金額有誤。

情境對話

A 計算が間違っていませんか?

開一撒嗯嘎　媽漆嘎・貼　衣媽誰嗯咖
ke.i.sa.n.ga. ma.chi.ga.tte. i.ma.se.n.ka.
好像算錯了。沒算錯嗎？

B レジの金額を打ち間違えてしまいました。申し訳ございません。

勒基no　key嗯嘎哭喔　烏漆媽漆嘎せ貼　吸媽
衣媽吸他　謀ー吸哇開　狗紫衣媽誰嗯
re.ji.no. ki.n.ga.kku.o. u.chi.ma.chi.ga.e.te. shi.ma.
i.ma.shi.ta. mo.u.shi.wa.ke.go.za.i.ma.se.n.
收銀機的金額打錯了，很抱歉。

免税の手続きを教えてください

發音・拼音・中譯

妹嗯賊—no　貼此資key喔　歐吸せ貼　哭搭撒衣
me.n.ze.i.no. te.tsu.zu.ki.o. o.shi.e.te. ku.da.sa.i.
請告訴我如何辦理退稅

說明

　　退稅手續叫做「免税の手続き」，請對方教自己做某件事時，則用「～を教えてください」的句型。

情境對話

Ⓐ 免税の手続きを教えてください。

妹嗯賊—no　貼此資key喔　歐吸せ貼　哭搭撒衣
me.n.ze.i.no. te.tsu.zu.ki.o. o.shi.e.te. ku.da.sa.i.
請告訴我如何辦理退稅。

Ⓑ はい、レシートをお持ちでしょうか？

哈衣　勒吸—偷喔　歐謀漆　爹休—咖
ha.i. re.shi.i.to.o. o.mo.chi. de.sho.u.ka.
好的，請問有收據嗎？

台湾ドルを日本円に両替してください
たいわん　　　　　　　にほんえん
りょうがえ

發音	他衣哇嗯兜嚕喔　你吼嗯せ嗯你　溜一嘎せ　吸貼　哭搭撒衣
拼音	ta.i.wa.n.do.ru.o.ni.ho.n.e.n.ni.ryo.u.ga.e.　shi.te.ku.da.sa.i.
中譯	請幫我把台幣換成日圓

說　明

換外幣時，是用「AをBに両替してください」的句型。其中A是持有的貨幣，B則是想要換成的貨幣。

情境對話

A 台湾ドルを日本円に両替してください。
たいわん　　にほんえん　りょうがえ

他衣哇嗯兜嚕喔　你吼嗯せ嗯你　溜一嘎せ　吸貼　哭搭撒衣
ta.i.wa.n.do.ru.o. ni.ho.n.e.n.ni. ryo.u.ga.e. shi.te. ku.da.sa.i.
請幫我把台幣換成日圓。

B どのように換えますか？
か

兜no優一你　咖せ媽思咖
do.no.yo.u.ni. ka.e.ma.su.ka.
(鈔票面額等)要怎麼換呢？

飲食篇

いただきます

發音 衣他搭key媽思
拼音 i.ta.da.ki.ma.su.
中譯 開動了

說 明

日本人用餐前，都會說「いただきます」，即使是只有自己一個人用餐的時候也照說不誤。這樣做表現了對食物的感激和對料理人的感謝。

情境對話

A いい匂いがする！いただきます。

衣一你歐衣嘎　思嚕　衣他搭key媽思
i.i.ni.o.i.ga. su.ru. i.ta.da.ki.ma.su.
聞起來好香喔！我要開動了。

B いただきます。

衣他搭key媽思
i.ta.da.ki.ma.su.
開動了。

ごちそうさまでした

發音 狗漆搜－撒媽　爹吸他
拼音 go.chi.so.u.sa.ma.　de.shi.ta.
中譯 我吃飽了／謝謝招待

說明

　　吃飽飯說，會說「ごちそうさまでした」或是「おいしかったです」表示吃飽了。

情境對話

Ⓐ おいしかった。ごちそうさまでした。

歐衣吸咖・他　狗漆搜－撒媽　爹吸他
o.i.shi.ka.tta. go.chi.so.u.sa.ma.　de.shi.ta.
很好吃。我吃飽了。

Ⓑ おなかいっぱいです。ごちそうさまでした。

歐拿咖　衣・趴衣　爹思　狗漆搜－撒媽　爹吸他
o.na.ka. i.ppa.i. de.su. go.chi.so.u.sa.ma.　de.shi.ta.
吃得好飽。我也吃飽了。

食べたことがありますか
<ruby>食<rt>た</rt></ruby>べたことがありますか

發音 他背他口偷嘎　阿哩媽思咖

拼音 ta.be.ta.ko.to.ga. a.ri.ma.su.ka.

中譯 吃過嗎

說明

　　動詞加上「ことがありますか」，是表示有沒有做過某件事的經歷。有的話就回答「はい」，沒有的話就說「いいえ」。

情境對話

Ⓐ イタリア料理を　食べたことがありますか？

衣他哩阿溜一哩喔　他背他口偷嘎　阿哩媽思咖
i.ta.ri.a.ryo.u.ri.o. ta.be.ta.ko.to.ga. a.ri.ma.su.ka.
你吃過義大利菜嗎？

Ⓑ いいえ、食べたことがありません。

衣ー世　他背他口偷嘎　阿哩媽誰嗯
i.i.e. ta.be.ta.ko.to.ga. a.ri.ma.se.n.
沒有，我沒吃過。

おいしそう

發音 歐衣吸搜一

拼音 o.i.shi.so.u.

中譯 看起來好好吃

說　明

「おいしい」是好吃的意思。「おいしそう」是看起來很好吃的意思。當食物看起來很可口的時候，可以用「おいしそう」來表示想吃。

情境對話

Ⓐ わ、おいしそう！いただきます。

哇　歐衣吸搜一　衣他搭key媽思
wa. o.i.shi.so.u. u.ta.da.ki.ma.su.
哇，看起來好好吃。開動囉！

Ⓑ この肉まん、おいしい。

ロno　你哭媽嗯　歐衣吸一
ko.no. ni.ku.ma.n. o.i.shi.i.
這包子真是好吃。

持って帰ります

<ruby>持<rt>も</rt></ruby>って<ruby>帰<rt>かえ</rt></ruby>ります

發音 謀・貼　咖せ哩媽思
拼音 mo.tte. ka.e.ri.ma.su.
中譯 外帶

說　明

　　外帶是「<ruby>持<rt>も</rt></ruby>って<ruby>帰<rt>かえ</rt></ruby>ります」，也可以說「<ruby>持<rt>も</rt></ruby>ち<ruby>帰<rt>かえ</rt></ruby>り」。要在店內食用則是說「ここで<ruby>食<rt>た</rt></ruby>べます」。

情境對話

Ⓐ <ruby>店内<rt>てんない</rt></ruby>でお<ruby>召<rt>め</rt></ruby>し<ruby>上<rt>あ</rt></ruby>がりますか？

貼嗯拿衣爹　歐妹吸啊嘎哩媽思咖
te.n.na.i.de. o.me.shi.a.ga.ri.ma.su.ka.
內用嗎？

Ⓑ いいえ、<ruby>持<rt>も</rt></ruby>って<ruby>帰<rt>かえ</rt></ruby>ります。

衣一せ　謀・貼　咖せ哩媽思
i.i.e. mo.tte. ka.e.ri.ma.su.
不，我要外帶。

メニューを見せてもらえますか

発音　妹女一喔　咪誰貼　謀啦セ媽思咖
拼音　me.nyu.u.o. mi.se.te. mo.ra.e.ma.su.ka.
中譯　能給我菜單嗎

說明

　　「〜を見せてもらえますか」是請對方拿東西給自己看。「メニュー」則是菜單的意思。問是否有中文菜單則是說「中国語のメニューはありますか」。

情境對話

Ⓐ メニューを見せてもらえますか？

　　妹女一喔　咪誰貼　謀啦セ媽思咖
　　me.nyu.u.o. mi.se.te. mo.ra.e.ma.su.ka.
　　能給我菜單嗎？

Ⓑ はい、どうぞ。

　　咖衣　兜一走
　　ha.i. do.u.zo.
　　好的，請。

1人前だけ注文出来ますか

いちにんまえ　ちゅうもん で き

發音拼音中譯	衣漆你嗯媽せ　搭開　去一謀嗯　爹key媽思咖
	i.chi.ni.n.ma.e.　da.ke.　chu.u.mo.n.　de.ki.ma.su.ka.

可以只點1人份嗎

說　明

　　1人份是「1人前」。詢問餐廳是否可以叫小份一點或有特殊需求時，可以用「～注文出来ますか」來表示。另外，「ハーフサイズ」是半份；大碗是「大盛(おおもり)」。

情境對話

A 1人前だけ注文出来ますか？

衣漆你嗯媽せ　搭開　去一謀嗯　爹key媽思咖
i.chi.ni.n.ma.e.　da.ke.　chu.u.mo.n.　de.ki.ma.su.ka.
可以只點1人份嗎？

B はい、承ります。

哈衣　烏開他媽哇哩媽思
ha.i.　u.ke.ta.ma.wa.ri.ma.su.
沒問題，可以。

注文お願いします
ちゅうもん ねが

發音 拼音	去一謀嗯　歐內嘎衣　吸媽思
	chu.u.mo.n.　o.ne.ga.i.　shi.ma.su.
中譯	我想點餐

說 明

「注文」是點餐、下訂的意思；加點是「追加注文」。
想要點餐時，就說「注文お願いします」。

情境對話

A 注文お願いします。

去一謀嗯　歐內嘎衣　吸媽思
chu.u.mo.n.　o.ne.ga.i.　shi.ma.su.
我想點餐。

- -

B はい、すぐ伺いに参ります。

哈衣　思古　烏咖嘎衣你　媽衣哩媽思
ha.i.　su.gu.　u.ka.ga.i.ni.　ma.i.ri.ma.su.
好的，馬上過去。

- -

あともう少し時間を頂けますか

發音 啊偷　謀一　思口吸　基咖嗯喔　衣他搭開媽思咖
拼音 a.to. mo.u. su.ko.shi. ji.ka.n.o. i.ta.da.ke.ma.su.ka.
中譯 可以再給我一點時間嗎

說　明

　　店員來詢問是否可以點餐，但還沒有決定好的時候，要請對方再多給一點時間，就說「あともう少し時間を頂けますか」。想要等一下再點，可以說「後でいいですか」。

情境對話

A ご注文を伺います。

狗去一謀嗯喔　烏咖嘎衣媽思
go.chu.u.mo.n.o. u.ka.ga.i.ma.su.
請問要點什麼？

B あともう少し時間を頂けますか？

啊偷　謀一　思口吸　基咖嗯喔　衣他搭開媽思咖
a.to. mo.u. su.ko.shi. ji.ka.n.o. i.ta.da.ke.ma.su.ka.
可以再給我一點時間嗎？

にんにくは抜いてもらえますか

發音拼音 你嗯你哭哇　奴衣貼　謀啦せ媽思咖
中譯 ni.n.ni.ku.wa. nu.i.te. mo.ra.e.ma.su.ka.
可以不要加蒜頭嗎

說明

請店家不加某項材料，是用「～は抜いてもらえますか」的句型。若是想吃辣一點，可以說「辛めにしてもらえますか」。

情境對話

Ⓐ にんにくは抜いてもらえますか？

你嗯你哭哇　奴衣貼　謀啦せ媽思咖
ni.n.ni.ku.wa. nu.i.te. mo.ra.e.ma.su.ka.
可以不要加蒜頭嗎？

Ⓑ 一度厨房に聞いてみますので、少々お待ちください。

衣漆兜　去ー玻ー你　keyー貼　咪媽思　no爹
休ー休ー　歐媽漆　哭搭撒衣
i.chi.do. chu.u.bo.u.ni. ki.i.te. mi.ma.su. no.de.
sho.u.sho.u. o.ma.chi. ku.da.sa.i.
我去問一下廚房，請稍等。

あれと同じ料理をくださ
い

發音	阿勒偷　歐拿基　溜一哩喔　哭搭撒衣
拼音	a.re.to. o.na.ji. ryo.u.ri.o. ku.da.sa.i.
中譯	我要和那個一樣的

說明

點餐時，想要和別人一樣的東西時，可以直接指著那項菜，說「あれと同じ料理をください」。或是可以說「私も同じものをお願いします」。

情境對話

Ⓐ あれと同じ料理をください。

阿勒偷　歐拿基　溜一哩喔　哭搭撒衣
a.re.to. o.na.ji. ryo.u.ri.o. ku.da.sa.i.
我要和那個一樣的。

- -

Ⓑ かしこまりました。

咖吸口媽哩媽吸他
ka.shi.ko.ma.ri.ma.shi.ta.
好的。

- -

住宿交通篇　詢問篇　購物篇　飲食篇　觀光景點篇　身體狀況篇　請求協助篇　心情感受篇　問候禮儀篇

セットメニューはありますか

發音 誰・偷妹女一哇　阿哩媽思咖
拼音 se.tto.me.nyu.u.wa. a.ri.ma.su.ka.
中譯 有套餐菜單嗎

說明

　　詢問有沒有什麼東西時，用「～はありますか」。套餐是「セット」，日式套餐則是「定食」。問有沒有附東西，則是說「～は付いていますか」。

情境對話

Ⓐ セットメニューはありますか？

　　誰・偷妹女一哇　阿哩媽思咖
　　se.tto.me.nyu.u.wa. a.ri.ma.su.ka.
　　有套餐菜單嗎？

Ⓑ はい、こちらになります。

　　哈衣　口漆啦你　拿哩媽思
　　ha.i. ko.chi.ra.ni. na.ri.ma.su.
　　有的，在這裡。

これはどんな料理ですか

發音	口勒哇　兜嗯拿　溜一哩　爹思咖
拼音	ko.re.wa.　do.n.na.　ryo.u.ri.　de.su.ka.
中譯	這是什麼樣的料理

說明

看到陌生的餐點名稱，就用「～はどんな料理ですか」來詢問餐點的內容是什麼。想要問菜裡面加了什麼，則是說「この料理は何が入っていますか」。

情境對話

A これはどんな料理ですか？

口勒哇　兜嗯拿　溜一哩　爹思咖
ko.re.wa.　do.n.na.　ryo.u.ri.　de.su.ka.
這是什麼樣的料理？

B 豚骨ベースのスープに具をたくさん入れたものです。

偷嗯口此　背一思no　思一撲你　古喔　他哭撒
嗯　衣勒他　謀no　爹思
to.n.ko.tsu.　be.e.su.no.　su.u.pu.ni.　gu.o.　ta.ku.sa.
n.　i.re.ta.　mo.no.　de.su.
在用豬骨高湯中，加入大量食材的料理。

それはすぐ出来ますか

発音 捜勒哇　思古　爹key媽思咖
拼音 so.re.wa.　su.gu.　de.ki.ma.su.ka.
中譯 那道菜可以馬上做好嗎

（說　明）

　　趕時間的時候，要詢問餐點是否能立刻上菜，可以用「すぐ出来ますか」來詢問。若是要問哪樣菜可以早點上菜，可以說「なにか早くできるものはありますか」。

（情境對話）

Ⓐ それはすぐ出来ますか？

　　捜勒哇　思古　爹key媽思咖
　　so.re.wa.su.gu.　de.ki.ma.su.ka.
　　(用指的)那道菜很快就能上菜嗎？

Ⓑ はい、すぐ出来ます。

　　哈衣　思古　爹key媽思
　　ha.i.　su.gu.　de.ki.ma.su.
　　是的，可以馬上做好。

どんな味_{あじ}ですか

発音 兜嗯拿　啊基　爹思咖
拼音
do.n.na. a.ji. de.su.ka.
中譯 是什麼樣的味道

說　明

「味_{あじ}」是味道的意思，詢問菜肴的口感和味道，就用「どんな味_{あじ}ですか」來詢問。

情境對話

Ⓐ これはどんな味_{あじ}ですか？

口勒哇　兜嗯拿　啊基　爹思咖
ko.re.wa. do.n.na. a.ji.de.su.ka.
這是什麼樣的味道？

Ⓑ ピリ辛_{から}でさっぱりしています。

披哩咖啦爹撒・趴哩　吸貼　衣媽思
pi.ri.ka.ra.de. sa.ppa.ri. shi.te. i.ma.su.
微辣很清爽。

1人では量が多いですか

<small>ひとり　りょう　おお</small>

発音 he偷哩　爹哇　溜一嘎　歐一衣　爹思咖
拼音 hi.to.ri.　de.wa.　ryo.u.ga.　o.o.i.　de.su.ka.
中譯 對1個人來說會太多嗎

說　明

詢問餐點的份量會不會太多，可以說「～では量が多いですか」。要問份量有多大時，也可以說「量はどのくらいですか」。

情境對話

A この料理、1人では量が多いですか？

<small>りょうり　ひとり　りょう　おお</small>

口no溜一哩　he偷哩爹哇　溜一嘎　歐一衣　爹思咖

ko.no.ryo.u.ri.　hi.to.ri.de.wa.　ryo.u.ga.　o.o.i.de.su.ka.

這道菜，1個人吃會太多嗎？

B そうですね。こちらの料理は2人前からのご注文になっていますが。

<small>りょうり　ににんまえ　ちゅうもん</small>

搜一　爹思內　口漆啦no　溜一哩哇　你你嗯媽
せ　咖啦no　去一謀嗯你　拿・貼　衣媽思嘎
so.u.　de.su.ne.　ko.chi.ra.no.　ryo.u.ri.wa.　ni.ni.n.ma.e.　ka.ra.no.　go.chu.u.mo.n.ni.　na.tte.　i.ma.su.ga.

嗯，這道菜基本上是要點2人份以上。

ビールに合う料理はどれでしょうか

發音	逼一嚕你 阿烏 溜一哩哇 兜勒 爹休一咖
拼音	bi.i.ru.ni. a.u. ryo.u.ri.wa. do.re. de.sho.u.ka.
中譯	哪道菜和啤酒比較搭

說 明

　　詢問哪道菜比較適合點時，可以用「～に合う料理はどれでしょうか」。問配菜是什麼，則可以說「付け合せは何ですか」。

情境對話

Ⓐ ビールに合う料理はどれでしょうか？

逼嚕你 阿烏 溜一哩哇 兜勒 爹休一咖
bi.i.ru.ni. a.u. ryo.u.ri.wa. do.re. de.sho.u.ka.
哪道菜和啤酒比較搭？

- -

Ⓑ こちらのガーリックシュリンプはいかがでしょうか？

口漆啦no 嘎一哩哭嘘哩嗯撲哇 衣咖嘎 爹休一咖
ko.chi.ra.no. ga.a.ri.kku.shu.ri.n.pu.wa. i.ka.ga.
de.sho.u.ka.
這道蒜頭蝦怎麼樣？

- -

デザートは何<ruby>なに</ruby>がありますか

發音拼音 爹紮ー偷哇　拿你嘎　阿哩媽思咖
de.za.a.to.wa. na.ni.ga. a.ri.ma.su.ka.
中譯 有什麼甜點

說　明

　　「～は何<ruby>なに</ruby>がありますか」是詢問有沒有什麼。甜點則是「デザート」。不需要甜點則說「デザートはいりません」。

情境對話

A デザートは何<ruby>なに</ruby>がありますか？

爹紮ー偷哇　拿你嘎　阿哩媽思咖
de.za.a.to.wa. na.ni.ga. a.ri.ma.su.ka.
有什麼甜點？

B チーズケーキとアイスクリームから選<ruby>えら</ruby>べます。

漆ー資開ーkey偷　阿衣思哭哩ー母　咖啦　せ啦背媽思
chi.i.zu.ke.e.ki.to. a.i.su.ku.ri.i.mu. ka.ra. e.ra.be.ma.su.
起士蛋糕和冰淇淋二選一。

おかわりください

歐咖哇哩　哭搭撒衣

o.ka.wa.ri. ku.da.sa.i.

再來一碗(杯)

說明

「おかわり」是再來一碗(杯)的意思。要再盛一碗飯，或是咖啡續杯，都是用「おかわり」。問是否能續杯(碗)則是說「おかわりできますか」。想要再來一杯則是說「もう1杯お願いします」。

情境對話

Ⓐ お湯のおかわりください。

歐瘀no　歐咖哇哩　哭搭撒衣

o.yu.no. o.ka.wa.ri. ku.da.sa.i.

再給我 1 杯熱水。

Ⓑ かしこまりました。

咖吸口媽哩媽吸他

ka.shi.ko.ma.ri.ma.shi.ta.

好的。

氷抜きでお願いします

発音 ロー哩奴key爹　歐内嘎衣　吸媽思

拼音 ko.o.ri.nu.ki.de. o.ne.ga.i. shi.ma.su.

中譯 不加冰塊

說　明

「氷抜き」是不加冰塊的意思。

情境對話

Ⓐ アイスコーヒーください。氷抜きでお願い
します。

阿衣思ロー he ー　哭搭撒衣　ロー哩奴key爹
歐内嘎衣　吸媽思

a.i.su.ko.o.hi.i. ku.da.sa.i. ko.o.ri.nu.ki.de. o.ne.ga.
i. shi.ma.su.

我要冰咖啡。請不要加冰塊。

Ⓑ かしこまりました。

咖吸口媽哩媽吸他

ka.shi.ko.ma.ri.ma.shi.ta.

好的。

2人でシェアしたいのですが
ふたり

發音 夫他哩爹　些啊　吸他衣no　爹思嘎
拼音中譯 fu.ta.ri.de. she.a.　shi.ta.i.no. de.su.ga.
想要2個人分

說　明

　　幾個人點餐分著吃叫做「シェア」。「～でシェアしたいのですが」則是表示要分著吃，請店家準備小盤子。也可以直接說「取り皿ください」，請店家準備小盤子。

情境對話

Ⓐ 2人でシェアしたいのですが。
ふたり

夫他哩爹　些啊　吸他衣no　爹思嘎
fu.ta.ri.de. she.a.shi.ta.i.no. de.su.ga.
我們想要2個人分著吃。

Ⓑ かしこまりました。取り皿を用意いたします。
と　ざら　よう い

咖吸口媽哩媽吸他　偷哩紮啦喔　優一衣　衣他吸媽思
ka.shi.ko.ma.ri.ma.shi.ta.　to.ri.za.ra.o.　yo.u.i.i.ta.shi.ma.su.
好的，我會為您準備小盤。

あまりおいしくないです

發音	阿媽哩　歐衣吸哭拿衣　爹思
拼音	a.ma.ri. o.i.shi.ku.na.i.　de.su.
中譯	不太好吃

説　明

「あまり〜ないです」是「不太〜」的意思。難吃是「まずいです」；馬馬虎虎則是「いまいちです」。

情境對話

Ⓐ 味はどうですか？

阿基哇　兜一　爹思咖
a.ji.wa. do.u.　de.su.ka.
味道怎麼樣？

―――――――――――――――――

Ⓑ あまりおいしくないです。

阿媽哩　歐衣吸哭拿衣　爹思
a.ma.ri. o.i.shi.ku.na.i.　de.su.
不太好吃。

これはおいしい。

発音 口勒哇　歐衣吸－
拼音 ko.re.wa.　o.i.shi.i.
中譯 這很好吃

說明

「おいしい」是好吃的意思，也可以說「美味」。

情境對話

Ⓐ どうですか？

兜－　爹思咖
do.u.　de.su.ka.
怎麼樣？

Ⓑ うん、これはおいしい。

烏嗯　口勒哇　歐衣吸－
u.n.　ko.re.wa.　o.i.shi.i.
嗯，這很好吃。

おなかいっぱいです

發音	歐拿咖　衣・趴衣　爹思
拼音	o.na.ka. i.ppa.i.　de.su.
中譯	很飽

（說　明）

「おなか」是肚子的意思，「いっぱい」是充滿了的
意思。所以「おなかいっぱい」就是「吃得很飽」的意思。

（情境對話）

Ⓐ デザートは何にしますか？

爹紮ー偷哇　拿你你　吸媽思咖
de.za.a.to.wa. na.ni.ni. shi.ma.su.ka.
甜點要吃什麼？

Ⓑ いや、結構です。もうおなかいっぱいです。

衣呀　開・ロー爹思　謀ー　歐拿咖　來・趴衣
爹思
i.ya. ke.kko.u.de.su. mo.u. o.na.ka. i.ppa.i.　de.su.
不，不用了。我已經很飽了。

少し辛いです
すこ　から

發音	思口吸　咖啦衣　爹思
拼音	su.ko.shi. ka.ra.i.　de.su.
中譯	有點辣

說　明

「辛い」是「辣」的意思。「少し～です」是「有點～」的意思。辣得吃不下則是說「辛すぎて食べられません」。

情境對話

A 味はどうですか？
あじ

　啊基哇　兜ー　爹思咖
　a.ji.wa. do.u.　de.su.ka.
　味道怎麼樣？

B 少し辛いです。
すこ　から

　思口吸　咖啦衣　爹思
　su.ko.shi. ka.ra.i.　de.su.
　有點辣。

ミディアムでお願（ねが）いします

發音	咪低啊母爹　歐內嘎衣　吸媽思
拼音	mi.di.a.mu.de.　o.ne.ga.i.　shi.ma.su.
中譯	我想要五分熟

說明

點牛排時有全熟「ウェルダン」、半熟「ミディアム」和生「レア」之分，而全熟也可以說成「よく焼く」。

情境對話

Ⓐ ステーキの焼（や）き加減（かげん）はいかがなさいますか？

思貼－keyno　呀key咖給嗯哇　衣咖嘎　拿撒衣媽思咖

su.te.e.ki.no.　ya.ki.ka.ge.n.wa.　i.ka.ga.　na.sa.i.ma.su.ka.

牛排要幾分熟？

Ⓑ ミディアムでお願（ねが）いします。

咪低啊母爹　歐內嘎衣　吸媽思

mi.di.a.mu.de.　o.ne.ga.i.　shi.ma.su.

我想要五分熟。

これは注文していませんが

發音 口勒哇　去一謀嗯　吸貼　衣媽誰嗯嘎

拼音 ko.re.wa.　chu.u.mo.n.　shi.te.　i.ma.se.n.ga.

中譯 我沒有點這個

說　明

　　上菜時如果出現了沒有點的東西，可以說「これは注文していませんが」。要取消則是說「キャンセルしてください」。

情境對話

Ⓐ これは注文していませんが。

口勒哇　去一謀嗯　吸貼　衣媽誰嗯嘎
ko.re.wa.　chu.u.mo.n.　shi.te.　i.ma.se.n.ga.
我沒有點這個。

Ⓑ 申し訳ありません。お下げします。

謀一吸哇開　阿哩媽誰嗯　歐撒給　吸媽思
mo.u.shi.wa.ke.　a.ri.ma.se.n.　o.sa.ge.　shi.ma.su.
對不起，我們立刻把它撤下去。

この料理は変なにおいがします

りょうり　へん

發音　ロno　溜一哩哇　嘿嗯拿　你歐衣嘎　吸媽思
拼音　ko.no.ryo.u.ri.wa. he.n.na. ni.o.i.ga. shi.ma.su.
中譯　這道餐點有奇怪的味道

說明

　　「～においがします」是表示「有～的味道」。若是覺得料理不夠熱，則可以說「これは十分に温まっていません」。

じゅうぶん　あたた

情境對話

A この料理は変なにおいがしますが。

りょうり　へん

　　ロno　溜一哩哇　嘿嗯拿　你歐衣嘎　吸媽思嘎
　　ko.no. ryo.u.ri.wa. he.n.na. ni.o.i.ga. shi.ma.su.
　　ga.
　　那個，這道餐點有奇怪的味道。

B 今すぐ作り直します。申し訳ございません。

いま　つく　なお　もう　わけ

　　衣媽　思古　此哭哩拿歐吸媽思　謀一吸哇開
　　狗緊衣媽誰嗯
　　i.ma. su.gu. tsu.ku.ri.na.o.shi.ma.su. mo.u.shi.wa.
　　ke. go.za.i.ma.se.n.
　　我們立刻重做，很抱歉。

好きな食べ物は何ですか

発音 思key拿　他背謀no哇　拿嗯　爹思咖
拼音 su.ki.na. ta.be.mo.no.wa. na.n. de.su.ka.
中譯 最喜歡吃什麼

(說　明)

　　問對方喜歡的食物，可以用「好きな食べ物は何で
すか」這句話來詢問。問是否有討厭的食物，則是說
「嫌いな食べ物がありますか」。

(情境對話)

Ⓐ 好きな食べ物は何ですか？

　　思key拿　他背謀no哇　拿嗯　爹思咖
　　su.ki.na. ta.be.mo.no.wa. na.n. de.su.ka.
　　你最喜歡吃什麼？

- -

Ⓑ 肉料理が好きです。

　　你哭溜一哩嘎　思key　爹思
　　ni.ku.ryo.u.ri.ga. su.ki. de.su.
　　我喜歡吃肉。

- -

一杯どうですか
いっぱい

發音　衣・趴衣　兜一　爹思咖
拼音　i.ppa.i.　do.u.　de.su.ka.
中譯　要不要喝一杯（酒）

說明

此句是邀請對方一起飲酒、喝一杯之意。也可以說「飲みに行きましようか」。
の

情境對話

Ⓐ ここは焼 酎が美味しいことで有名ですけ
しょうちゅう　お　い　　　　　　　　　　　　　　ゆうめい
ど、軽く一杯どうですか？
かる　いっぱい

口口哇　休一去一嘎　歐衣吸一　口偷爹　瘀一
妹一　爹思開兜　咖嚕哭　衣・趴衣　兜一　爹
思咖

ko.ko.wa.　sho.u.chu.u.ga.　o.i.shi.i.　ko.to.de.　yu.u.
me.i.　de.su.ke.do.　ka.ru.ku.i.ppa.i.do.u.de.su.ka.

這裡的日式燒酒很有名，要不要來一杯？

Ⓑ じゃあ、いただきます。

加一　衣他搭key媽思
ja.a.　i.ta.da.ki.ma.su.
好啊。

食べ過ぎだ
た す

發音 他背思個衣搭
拼音 ta.be.su.gi.da.
中譯 吃太多了

說明

「～すぎだ」是「太多」、「超過」的意思，前面加上了動詞，就是該動作已經超過了正常的範圍了。喝太多了則是「飲み過ぎだ」。

情境對話

A 今日も食べ過ぎだ。
きょう た す

克優－謀　他背思個衣搭
kyo.u.mo. ta.be.su.gi.da.
今天又吃太多了。

B 大丈夫。ダイエットは明日から。
だいじょうぶ　　　　　あした

搭衣糾－捕　搭衣せ・偷哇　啊吸他　咖啦
da.i.jo.u.bu. da.i.e.tto.wa. a.shi.ta. ka.ra.
沒關係啦，減肥從明天開始。

觀光景點篇

何時<ruby>なんじ</ruby>まで開<ruby>あ</ruby>いていますか

發音 拿嗯基　媽爹　阿衣貼　衣媽思咖

拼音 na.n.ji.　ma.de.　a.i.te.i.　ma.su.ka.

中譯 開到幾點

說明

「何時<ruby>なんじ</ruby>まで」是詢問「到幾點」。「何時まで開<ruby>あ</ruby>いていますか」是用來詢問店開到幾點，也可以說「何時まで營業<ruby>えいぎょう</ruby>していますか」。

情境對話

A ここは何時<ruby>なんじ</ruby>まで開<ruby>あ</ruby>いていますか？

ロロ哇　拿嗯基　媽爹　阿衣貼　衣媽思咖
ko.ko.wa.　na.n.ji.　ma.de.　a.i.te.　i.ma.su.ka.
這裡開到幾點？

B 營業時間<ruby>えいぎょうじかん</ruby>は10時<ruby>じゅうじ</ruby>までです。

せー哥優ー基咖嗯哇　居ー基　媽爹　爹思
e.i.gyo.u.ji.ka.n.wa.　ju.u.ji.　ma.de.　de.su.
營業時間到10點。

中国語が話せる観光ガイドはいますか

去－狗哭狗嘎　哈拿誰嚕　咖嗯ロー嘎衣兜哇 衣媽思咖

chu.u.go.ku.go.ga. ha.na.se.ru. ka.n.ko.u.ga.i.do. wa. i.ma.su.ka.

有沒有會說中文的導覽

說明

「中国語が話せる」是「會說中文」的意思，「観光ガイド」則是導遊。想要詢問是否可以安排導覽，可以說「観光ガイドを頼むことはできますか」。

情境對話

A 中国語が話せる観光ガイドはいますか？

去－狗哭狗嘎　哈拿誰嚕　咖嗯ロー　嘎衣兜哇 衣媽思咖

chu.u.go.ku.go.ga. ha.na.se.ru. ka.n.ko.u.ga.i.do. wa. i.ma.su.ka.

有沒有會說中文的導遊。

- -

B はい、少々お待ちください。

哈衣　休－休－　歐媽漆　哭搭撒衣

ha.i. sho.u.sho.u. o.ma.chi. ku.da.sa.i.

有的，請稍待。

- -

ここの名物は何ですか

ロロno　妹ー捕此哇　拿嗯　爹思咖
ko.ko.no. me.i.bu.tsu.wa. na.n. de.su.ka.

這裡的名產是什麼？

（說　明）

「名物」是名產的意思，指當地最為人所知的東西。

（情境對話）

Ⓐ ここの名物は何ですか？

ロロno　妹ー捕此哇　拿嗯　爹思咖
ko.ko.no. me.i.bu.tsu.wa. na.n. de.su.ka.

這裡的名產是什麼？

- -

Ⓑ そうですね。ひつまぶしが一番有名です。

搜ー　爹思内　he此媽捕吸嘎　衣漆巴嗯　瘀ー
妹ー　爹思
so.u. de.su.ne. hi.tsu.ma.bu.shi.ga. i.chi.ba.n.
yu.u.me.i. de.su.

這個嘛，鰻魚飯三吃是最有名的。

- -

写真を撮ってもいいですか

發音	瞎吸嗯喔　偷・貼謀　衣一　爹思咖
拼音	sha.shi.n.o.　to.tte.mo.　i.i.de.su.ka.
中譯	可以拍照嗎

說　明

　　觀光時，如果想拍景點或別人店裡的模樣時，就用「写真を撮ってもいいですか」來詢問對方可不可以拍照。也可以說「写真を撮らせてください」。

情境對話

Ⓐ ここの写真を撮ってもいいですか？

ロロno　瞎吸嗯喔　偷・貼謀　　衣一　爹思咖
ko.ko.no.　sha.shi.n.o.　to.tte.mo.　i.i.　de.su.ka.
可以拍這裡的照片嗎？

Ⓑ はい、どうぞ。

哈衣　兜一走
ha.i.　do.u.zo.
可以的，請。

シャッターを押してもらえますか

發音 瞎・他一喔　歐吸貼　謀啦せ媽思咖

拼音 sha.tta.a.o. o.shi.te. mo.ra.e.ma.su.ka.

中譯 **可以幫我拍照嗎**

説　明

「シャッター」是快門的意思，「シャッターを押してもらえますか」是請對方幫忙按快門，也就是請對方幫忙拍照的意思。

情境對話

Ⓐ すみません、シャッターを押してもらえますか？

思咪媽誰嗯　瞎・他一喔　歐吸貼　謀啦せ媽思咖

su.mi.ma.se.n. sha.tta.a.o. o.shi.te. mo.ra.e.ma.su.ka.

不好意思，可以請你幫我拍照嗎？

Ⓑ いいですよ。

衣ー爹思優

i.i.de.su.yo.

好啊。

中国語のパンフレットを ください

ちゅうごくご

發音	去－狗哭狗no 趴嗯夫勒・偷喔 哭搭撒衣
拼音	chu.u.go.ku.go.no. pa.n.fu.re.tto.o. ku.da.sa.i.
中譯	請給我中文的說明

說明

「〜ください」是「請給我〜」的意思。問有沒有某樣東西，則是說「ありますか」。

情境對話

Ⓐ 中国語のパンフレットをください。

ちゅうごくご

去－狗哭狗no 趴嗯夫勒・偷喔 哭搭撒衣
chu.u.go.ku.go.no. pa.n.fu.re.tto.o. ku.da.sa.i.
請給我中文的説明。

Ⓑ はい、どうぞ。

哈衣 兜－走
ha.i. do.u.zo.
好的，請拿去。

予約はしていませんが

<ruby>予<rt>よ</rt></ruby><ruby>約<rt>やく</rt></ruby>

發音 優呀哭哇 吸貼 衣媽誰嗯嘎

拼音 yo.ya.ku.wa. shi.te. i.ma.se.n.ga.

中譯 我沒有預約

說　明

　　進到餐廳卻沒有事先預約，想詢問沒訂位是否能進去，可以說「予約はしていませんが」。

情境對話

Ⓐ 予約はしていませんが、入れますか？

　　優呀哭哇　吸貼　衣媽誰嗯嘎　哈衣勒媽思咖
　　yo.ya.ku.wa. shi.te. i.ma.se.n.ga. ha.i.re.ma.su.ka.
　　我沒有預約，可以進去嗎？

Ⓑ はい、何名様ですか？

　　哈衣　拿嗯妹－撒媽　爹思咖
　　ha.i. na.n.me.i.sa.ma. de.su.ka.
　　好的，請問有幾位？

身體狀況篇

気持ち悪い

發音 key謀漆哇嚕衣
拼音 ki.mo.chi.wa.ru.i.
中譯 **不舒服**

說　明

「気持ち」是心情、感覺的意思，後面加上適當的形容詞，像是「いい」「わるい」就可以表達自己的感覺。

情境對話

A ケーキを 5つ食べた。ああ、気持ち悪い。

開－key喔　衣此此他背他　阿－　key謀漆哇嚕衣
ke.e.ki.o. i.tsu.tsu.ta.be.ta. ki.mo.chi.wa.ru.i.
我吃了五個蛋糕，覺得好不舒服喔！

B 食べすぎだよ。

他背思個衣搭優
ta.be.su.gi.da.yo.
你吃太多了啦！

のどが痛い

^{發音} no兜嘎　衣他衣
^{拼音} no.do.ga. i.ta.i.
^{中譯} 喉嚨好痛

說明

　　覺得很痛的時候，可以用痛い這個字，表達自己的感覺。「のど」是喉嚨；其他部位如「頭」是頭部；「耳」是耳朵；「目」是眼睛；「足」是腳或腿；「首」是脖子。

情境對話

A どうしたの？

兜一吸他no
do.u.shi.ta.no.
怎麼了？

- -

B のどが痛い。

no兜嘎　衣他衣
no.do.ga. i.ta.i.
喉嚨好痛。

- -

大丈夫です
だいじょうぶ

發音 搭衣糾一捕爹思
拼音 da.i.jo.u.bu.de.su.
中譯 沒關係／沒問題

說　明

　　要表示自己的狀況沒有問題，或是事情一切順利的時候，就可以用「大丈夫です」來表示。若是把語調提高「大丈夫ですか」，則是詢問對方「還好吧?」的意思。

情境對話

A 顔色が悪いです。大丈夫ですか?
かおいろ　わる　　　　　　だいじょうぶ

咖歐衣摟嘎　哇嚕衣爹思　搭衣糾一捕　爹思咖
ka.o.i.ro.ga. wa.ru.i.de.su. da.i.jo.u.bu. de.su.ka.
你的氣色不太好，還好嗎?

- -

B ええ、大丈夫です。ありがとう。
　　　　　だいじょうぶ

せ一　搭衣糾一捕爹思　阿哩嘎偷一
e.e. da.i.jo.u.bu.de.su. a.ri.ga.to.u.
嗯，我很好，謝謝關心。

- -

気分はどう
きぶん

發音 key捕嗯哇兜ー
拼音 ki.bu.n.wa.do.u.
中譯 感覺怎麼樣

說明

「気分」可以指感覺，也可以指身體的狀態，另外也可以來表示周遭的氣氛，在這個字前面加上適當的形容詞，就可以完整表達意思。

情境對話

A 気分はどう？
きぶん

key捕嗯哇　兜ー
ki.bu.n.wa.　do.u.
感覺怎麼樣？

B さっきよりはよくなった。

撒・key優哩哇　優哭拿・他
sa.ki.yo.ri.wa.　yo.ku.na.tta.
比剛才好多了。

風邪薬ありますか
かぜぐすり

發音 咖賊古思哩　阿哩媽思咖

拼音 ka.ze.gu.su.ri. a.ri.ma.su.ka.

中譯 有感冒藥嗎

說明

　　身體不舒服，要找藥品時，可以問「薬あります
か」。感冒藥是「風邪薬」；頭痛藥則是「頭痛薬」。

情境對話

A 風引いちゃったみたいで、風邪薬あります
か？

咖賊　he－揥・他　咪他衣爹　咖賊古思哩　阿
哩媽思咖

ka.ze. hi.i.cha.tta. mi.ta.i.de. ka.ze.gu.su.ri. a.ri.
ma.su.ka.

我好像感冒了，有感冒藥嗎？

B どうぞ。大丈夫ですか？

兜ー走　搭衣糾ー捕　爹思咖

do.u.zo. da.i.jo.u.bu. de.su.ka.

在這裡，你還好吧？

記憶が飛んじゃった

發音 key歐哭嘎　偷嗯加・他
拼音 ki.o.ku.ga. to.n.ja.ta.
中譯 失去了記憶

說　明

「記憶が飛んじゃって」表示想不起來，失去了記憶。而昏倒失去意識則是說「意識を失った」。

情境對話

Ⓐ 昨日の飲み会、どうだった？

keyno－no　no咪咖衣　兜一　搭・他
ki.no.u.no. no.mi.ka.i. do.u.　da.tta.
昨天的聚會怎麼樣？

Ⓑ いや、記憶が飛んじゃった。何も覚えてないのよ。

衣呀　key歐哭嘎　偷嗯加・他　拿你謀　歐玻
世貼　拿衣no優
i.ya. ki.o.ku.ga. to.n.ja.ta. na.ni.mo. o.bo.e.te. na.i.no.yo.
我喝到失去了記憶，什麼都記不得。

お腹を壊した

發音 歐拿咖喱　口哇吸他
拼音 o.na.ka.o. ko.wa.shi.ta.
中譯 拉肚子

說　明

「お腹を壊した」用於吃壞了肚子，腹瀉的情況。

情境對話

A お腹を壊したみたい。

歐拿咖喱　口哇吸他　咪他衣
o.na.ka.o. ka.wa.shi.ta.　mi.ta.i.
我好像吃壞了肚子。

B えっ？大丈夫？

せ・　搭衣糾一捕
e. da.i.jo.u.bu.
什麼？還好吧？

吐き気がします

發音	哈key開嘰　吸媽思
拼音	ha.ki.ke.ga.　shi.ma.su
中譯	想吐

說　明

「吐き気がしてきた」表示想吐，身體不舒服。另外也可以說「胸焼けがする」、「ムカムカする」。

情境對話

Ⓐ 顔色が良くないけど、大丈夫？

　　咖歐衣捜嘰　優哭拿衣開兜　搭衣糾－捕
　　ka.o.i.ro.ga　yo.ku.na.i.ke.do.　da.i.jo.u.bu.
　　你氣色不太好，還好吧？

Ⓑ 船酔いで吐き気がします。

　　夫拿優衣爹　咖key開嘰　吸媽思
　　fu.na.yo.i.de.　ha.ki.ke.ga.　shi.ma.su
　　我暈船所以想吐。

痛い
いた

發音 衣他衣

拼音 i.ta.i.

中譯 真痛

說明

　　覺得很痛的時候，可以說出這個句子，表達自己的感覺。除了實際的痛之外，心痛「胸が痛い」、痛腳「痛いところ」、感到頭痛「頭がいたい」，也都是用這個字來表示。

情境對話

A どうしたの？

兜一　　吸他no

do.u.　shi.ta.no.

怎麼了？

B 頭が痛い。
あたま　いた

阿他媽　衣他衣

a.ta.ma　i.ta.i.

頭好痛。

----

track 107

病院に連れて行ってください

| 發音拼音 | 逼優一衣嗯你　此勒貼　衣・貼　哭搭撒衣 |

byo.u.i.n.ni. tsu.re.te. i.tte. ku.da.sa.i.

中譯 請帶我去醫院

說明

　　請別人帶自己去某個地方時，可以說「〜に連れて行ってください」。請人帶自己去醫院則是「病院に連れて行ってください」。

情境對話

Ⓐ 頭が痛くて死にそうです。病院に連れて行ってください。

阿他媽嘎　衣他哭貼　吸你搜一　爹思　逼優衣嗯你　此勒貼　衣・貼　哭搭撒衣

a.ta.ma.ga. i.ta.ku.te. shi.ni.so.u.de.su. byo.u.i.n.ni. tsu.re.te. i.tte. ku.da.sa.i.

我頭痛得不得了，請帶我去醫院。

Ⓑ 大丈夫ですか？救急車を呼びましょうか？

搭衣糾一捕　爹思咖　Q－Q一瞎喔　優逼媽休一咖

da.i.jo.u.bu. de.su.ka. kyu.u.kyu.u.sha.o. yo.bi.ma.sho.u.ka.

還好嗎？要不要叫救護車？

指を切ってしまった
ゆび き

發音 瘀逼喔 key・貼　吸媽・他
拼音 yu.bi.o. ki.tte. shi.ma.tta.
中譯 切到手指

說明

　　不小心切傷，會用「～を切ってしまった」，「指を切る」是手指切傷。
ゆび き

情境對話

A 痛っ！
いた

衣他・
i.ta.
好痛！

B どうしたの？

兜一　吸他no
do.u.　shi.ta.no.
怎麼了？

A 指を切ってしまった。
ゆび き

瘀逼喔　key・貼　吸媽・他
yu.bi.o. ki.tte. shi.ma.tta.
我不小心切到手指了。

少し熱があります

發音	思口吸　內此嘎　阿哩媽思
拼音	su.ko.shi. ne.tsu.ga. a.ri.ma.su.
中譯	有點發燒

（說　明）

「熱があります」是發燒的意思，也可以說「熱が出ます」。高燒則是「高熱」。

（情境對話）

Ⓐ どうしましたか？

兜ー　吸媽吸他咖
do.u. shi.ma.shi.ta.ka.
怎麼了？

- -

Ⓑ 昨日から頭が痛くて、熱も少しあります。

keynoー　咖啦　阿他媽嘎　衣他哭貼　內此
謀　思口吸　阿哩媽思
ki.no.u. ka.ra. a.ta.ma.ga. i.ta.ku.te. ne.tsu.mo.
su.ko.shi. a.ri.ma.su.
昨天開始就頭痛，還有一點發燒。

- -

元気がない
<small>げんき</small>

發音 給嗯key嘎　拿衣

拼音 ge.n.ki.ga. na.i.

中譯 沒精神

說明

「元気がない」是沒精神的意思，覺得對方看起來沒精神時，會說「元気がないね」來表示。氣色不好則是說「顔色悪い」。

情境對話

Ⓐ 元気がないね。どうしたの？
<small>げんき</small>

給嗯key嘎　拿衣内　　兜一　吸他no

ge.n.ki.ga.na.i.ne. do.u.　shi.ta.no.

你看起來沒什麼精神，怎麼了？

Ⓑ 風邪引いちゃったの。
<small>か ぜ ひ</small>

咖賊　he一　掐・他no

ka.ze. hi.i. cha.tta.no.

我感冒了。

請求協助篇

パスポートをなくしました

発音拼音 趴思剖ー偷喔　拿哭吸媽吸他
中譯 pa.su.po.o.to.o.na.ku.shi.ma.shi.ta.
我的護照不見了

說明

把東西弄不見了，就是「～をなくしました」。錢包被偷了，則是說「財布を盗まれました」。

情境對話

A パスポートをなくしました。

趴思剖ー偷喔　拿哭吸媽吸他
pa.su.po.o.to.o.　na.ku.shi.ma.shi.ta.
我的護照不見了。

B それは大変です。警察に電話しなくては。

捜勒哇　他衣嘿嗯　爹思　開ー撒此你　爹嗯哇
吸拿哭貼哇
so.re.wa.　ta.i.he.n.　de.su.　ke.i.sa.tsu.ni.　de.n.wa.
shi.na.ku.te.wa.
那可不妙，得打電話給警察報案。

国際電話のかけかたを教えてください

こくさいでんわ

おし

<table>
<tr><td>發音</td><td>口哭撒衣參嗯哇no　咖開咖他喔　歐吸世貼哭搭撒衣</td></tr>
<tr><td>拼音</td><td>ko.ku.sa.i.de.n.wa.no.　ka.ke.ka.ta.o.　o.shi.e.te.　ku.da.sa.i.</td></tr>
<tr><td>中譯</td><td>請教我怎麼打國際電話</td></tr>
</table>

說　明

　　「～を教えてください」是請對方教自己。「国際電話」是國際電話。表示想打電話回台灣，可以說「台湾へ電話したいのですが」。

情境對話

Ⓐ 国際電話のかけかたを教えてください。

こくさいでんわ　　　　　　　　おし

口哭撒衣參嗯哇no　咖開咖他喔　歐吸世貼　哭搭撒衣

ko.ku.sa.i.de.n.wa.no.　ka.ke.ka.ta.o.　o.shi.e.te.　ku.da.sa.i.

請教我怎麼打國際電話。

- -

Ⓑ はい。どこの国へかけられますか？

くに

哈衣　兜口no　哭你世　咖開啦勒媽思咖

ha.i.　do.ko.no.　ku.ni.e.　ka.ke.ra.re.ma.su.ka.

好的，請問你要打到哪個國家？

- -

充電器を借りることはできますか
じゅうでんき か

發音 居一爹嗯key喔　咖哩嚕口偷哇　爹key媽思咖

拼音 ju.u.de.n.ki.o. ka.ri.ru.ko.to.wa. de.ki.ma.su.ka.

中譯 可以借充電器嗎

說　明

「～を借りることはできますか」「～を借りられますか」
か
是詢問可不可以借東西。

情境對話

A スマホの充電器を借りることはできますか？
じゅうでんき か

思媽吼no　居一爹嗯key喔　咖哩嚕口偷哇　爹
key媽思咖

su.ma.ho.no. ju.u.de.n.ki.o. ka.ri.ru.ko.to.wa. de.ki.
ma.su.ka.

可以借智慧型手機的充電器嗎？

B はい。機種を教えていただけますか？
きしゅ おし

哈衣　key嘘喔　歐吸せ貼　衣他搭開媽思咖

ha.i. ki.shu.o. o.shi.e.te. i.ta.da.ke.ma.su.ka.

好的，可以告訴我手機的型號嗎？

助けてください

發音 他思開貼　哭搭撒衣
拼音 ta.su.ke.te.ku.da.sa.i.
中譯 救命啊

說　明

　　要求助時，可以說「助けてください」，或是說「助けて」。請人叫醫生來，則是說「医者を呼んでください」。叫救護車則是「救急車を呼んでください」。

情境對話

A 助けてください。

　　他思開貼　哭搭撒衣
　　ta.su.ke.te.　ku.da.sa.i.
　　救命啊。

B どうしましたか？

　　兜一吸媽吸他咖
　　do.u.shi.ma.shi.ta.ka.
　　發生什麼事了？

お願い
ねが

發音 歐內嘎衣

拼音 o.ne.ga.i.

中譯 拜託

說　明

有求於人的時候，再說出自己的需求之後，再加上一句「お願い」，就能表示自己真的很需要幫忙。

情境對話

A ホテル　でございます。

吼貼嚕　爹狗紫衣媽思

ho.te.ru.　de.go.za.i.ma.su.

這裡是飯店。

B 予約を　お願いします。
よやく　　　　ねが

優呀哭喔　歐內嘎衣吸媽思

yo.ya.ku.o.　o.ne.ga.i.shi.ma.su.

麻煩你，我想要預約。

A いつの　お泊りですか？
　　　　　とま

衣此no　歐偷媽哩爹思咖

i.tsu.no.　o.to.ma.ri.de.su.ka.

要預約哪一天呢？

待ってください

發音 媽・貼哭搭撼衣
拼音 ma.tte.ku.da.sa.i.
中譯 等一下

說 明

談話時，要請對方稍微等自己一下的時候，可以用這句話來請對方稍作等待。

情境對話

A じゃ、行ってきます。

加　衣・貼key媽思
ja. i.tte.ki.ma.su.
走吧！

B あっ、ちょっと待ってください。

阿　秋・偷　媽・貼哭搭撼衣
a. jo.tto. ma.tte.ku.da.sa.i.
啊，等一下。

もう一度
いちど

發音 謀－衣漆兜－

拼音 mo.u.i.chi.do.

中譯 再一次

說明

想要請對方再說一次，或是再做一次的時候，可以使用這個字。另外自己想要再做、再說一次的時候，也可以使用。

情境對話

Ⓐ すみません。もう一度説明してください。
いちどせつめい

思咪媽誰嗯　謀－衣漆兜　誰此妹－吸貼　哭搭撒衣

su.mi.ma.se.n. mo.u.i.chi.do. se.tsu.me.i.shi.te. ku.da.sa.i.

對不起，可以請你再說明一次嗎？

Ⓑ はい。

哈衣

ha.i.

好。

手伝ってくれませんか

發音 貼此搭・貼　哭勒媽誰嗯咖
拼音 te.tsu.da.tte. ku.re.ma.se.n.ka.
中譯 可以幫我嗎

説明

「手伝う」是幫忙的意思，「～てくれませんか」是請對方做事時用的句型。當很忙或是沒有餘力，需要別人幫忙的時候，可以用「手伝ってくれませんか」來表示。

情境對話

Ⓐ 大変なので手伝ってくれませんか？

他衣嘿嗯拿no爹　貼此搭・貼　哭勒媽誰嗯咖
ta.i.he.n.na.no.de. te.tsu.da.tte. ku.re.ma.se.n.ka.
我忙不過來了，可以幫我嗎？

Ⓑ いいですよ。

衣一爹思喲
i.i.de.su.yo.
沒問題。

Ⓐ ありがとう。助かりました。

阿哩嘎偷一　他思咖哩媽吸他
a.ri.ga.to.u. ta.su.ka.ri.ma.shi.ta.
謝謝，幫了我大忙。

くれない

發音 哭勒拿衣
拼音 ku.re.na.i.
中譯 可以嗎／可以給我嗎

（說　明）

　　和「ください」比較起來，不那麼正式的說法，和朋友說話的時候，可以用這個說法，來表示希望對方給自己東西或是幫忙。

（情境對話）

Ⓐ これ、買ってくれない？

　　口勒　咖・貼　哭勒拿衣
　　ko.re. ka.tte.　ku.re.na.i.
　　這可以買給我嗎？

Ⓑ いいよ。たまにはプレゼント。

　　衣一優　他媽你哇　撲勒賊嗯偷
　　i.i.yo. ta.ma.ni.wa. pu.re.ze.n.to.
　　好啊，偶爾也送你些禮物。

お<ruby>伺<rt>うかが</rt></ruby>いしたいんですが

發音 歐烏咖嘎衣　吸他衣嗯　爹思嘎

拼音 o.u.ka.ga.i. shi.ta.i.n. de.su.ga.

中譯 我想請問一下

說明

「…たいんですが」是向對方表達自己想要做什麼，比如說想要發問，或是想要購買物品之類的情況，就可以用這個句子。除此之外，如果是想表達「想要某樣東西」的時候，則可以使用「…がほしいんですが。」

情境對話

A あの、ちょっとお<ruby>伺<rt>うかが</rt></ruby>いしたいことがあってお<ruby>電話<rt>でんわ</rt></ruby>したんですが。

阿no　秋・偷　歐烏咖嘎衣　吸他衣　口偷嘎
阿・貼　歐爹嗯哇　吸他嗯爹思嘎
a.no. cho.tto. o.u.ka.ga.i.shi.ta.i.　ko.to.ga. a.tte. o.de.n.wa.　shi.ta.n.de.su.ga.
不好意思，我因為有事想請教，所以打了這通電話。

B はい。どのようなご<ruby>用件<rt>ようけん</rt></ruby>でしょうか？

哈衣　兜no優一拿　狗優一開嗯　爹休一咖
ha.i. do.no.yo.u.na. go.yo.u.ke.n. de.sho.u.ka.
好的，請問有什麼問題呢？

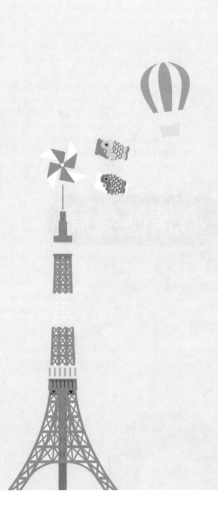

心情感受篇

楽_{たの}しみ

發音 他no吸咪

拼音 ta.no.shi.mi.

中譯 很期待

說明

「楽_{たの}しみ」表示期待，也可以說「楽_{たの}しみにしています」。

情境對話

A あの俳優_{はいゆう}の新作_{しんさく}が決_きまったって。

啊no　哈衣瘀一no　吸嗯撒哭嘎　key媽・他・貼
a.no.　ha.i.yu.u.no.　shi.n.sa.ku.ga.　ki.ma.tta.tte.
那個演員已經決定下一部作品了。

B 本当_{ほんとう}？楽_{たの}しみだね！

吼嗯偷一　他no吸咪　搭內
ho.n.to.u.　ta.no.shi.mi.　da.ne.
真的嗎？我很期待。

ちょうどよかった

發音 秋一兜　優咖・他
拼音 cho.u.do.　yo.ka.tta.
中譯 剛好

表示巧合、正好。

情境對話

A 今、田中くんに電話しようと思ってたところ
で、ちょうどよかった。

衣媽 他拿咖哭嗯你 爹嗯哇吸優優一偷 歐謀・貼他
偷口捜爹 秋一兜 優咖・他
i.ma.　ta.na.ka.ku.n.ni.　de.n.wa.shi.yo.u.to.　o.mo.tte.
ta.　to.ko.ro.de.　cho.u.do.　yo.ka.tta.
我現在正想打電話給你，剛好你就打來了。

B そうだよ、待ちくたびれたからこっちから
電話したの。

搜一搭優　媽漆哭他逼勒他咖啦　口・漆咖啦
爹嗯哇吸他no
so.u.da.yo.　ma.chi.ku.ta.bi.re.ta.ka.ra.　ko.cchi.ka.ra.
de.n.wa.shi.ta.no.
對啊，我等好久於是就自己打過來。

どうしよう

發音 兜ー 吸優ー
拼音 do.u. shi.yo.u.
中譯 怎麼辦

說　明

　　表示不知如何是好。也可以說「どうしたらよいもの
か」或是「これからどうする」。

情境對話

Ⓐ 新幹線に間に合わなかった。どうしよう？

吸嗯咖嗯誰嗯你　媽你阿哇拿咖・他　兜ー　吸優ー

shi.n.ka.n.se.n.ni. ma.ni.a.wa.na.ka.tta. do.u. shi.yo.u.

趕不上新幹線了，怎麼辦？

Ⓑ だから言ったじゃない。

搭咖啦　　衣・他　加拿衣
da.ka.ra. i.tta.ja.na.i.
我不是説過了嗎？

ついていない

發音 此衣貼衣拿衣
拼音 tsu.i.te.i.na.i.
中譯 不走運

說　明

「ついていない」表示不走運，很倒霉。也可以說
「運が悪い」。

情境對話

A 風邪引いたし、財布もなくしたし、今日つい

てないな。

咖賊　he－他吸　撒衣夫謀　拿哭吸他吸　克優
－　此衣貼　拿衣拿

ka.ze. hi.i.ta.shi. sa.i.fu.mo. na.ku.shi.ta.shi.
kyo.u. tsu.i.te.na.i.na.

感冒了，錢包也不見，今天真不走運。

B あら、かわいそうに。

阿啦　咖哇衣搜－你
a.ra. ka.wa.i.so.u.ni.
唉呀，真是可憐。

仕方ない
しかた

發音 吸咖他拿衣

拼音 shi.ka.ta.na.i.

中譯 莫可奈何

說　明

「仕方ない」表示無可奈何。也可以說「どうしようもない」。

情境對話

Ⓐ 熱が出てライブにはいけそうもない、ごめん。
ねつ で

　　內此嘎　爹貼　啦衣夫你哇　衣開搜一謀　拿衣
　　狗妹嗯

　　ne.tsu.ga.de.te.　ra.i.bu.ni.wa.　i.ke.so.u.mo.　na.i.
　　go.me.n.

　　我發燒了所以不能去演唱會，對不起。

Ⓑ いいよ、仕方ないから。また今度一緒に行こうね。
しかた こんどいっしょ い

　　衣一優　吸咖他拿衣　咖啦　媽他　口嗯兜　衣
　　・休你　衣口一內

　　i.i.yo.　shi.ka.ta.na.i.　ka.ra.　ma.ta.　ko.n.do.　i.
　　ssho.ni.　i.ko.u.ne.

　　沒關係，這也是沒辦法的事。下次再一起去吧。

好<ruby>き<rt>す</rt></ruby>です

發音 思key爹思

拼音 su.ki.de.su.

中譯 喜歡

說明

　　無論是對於人、事、物，都可用「好き」來表示自己很中意這樣東西。用在形容人的時候，有時候也有「愛上」的意思，要注意使用的對象喔!

情境對話

A 作家で一番好きなのは誰ですか？

撒・咖爹　衣漆巴嗯思keyno哇　搭勒爹思咖
sa.kka.de. i.chi.ba.n.su.ki.na.no.wa. da.re.de.su.ka.
你最喜歡的作家是誰？

B 奥田英朗です。

歐哭搭he爹歐爹思
o.ku.da.hi.de.o.de.su.
我最喜歡奧田英朗。

気に入りました

<ruby>気<rt>き</rt></ruby>に<ruby>入<rt>い</rt></ruby>りました

發音 key你　衣哩媽吸他.

拼音 ki.ni.　i.ri.ma.shi.ta.

中譯 **很喜歡**

說明

表示自己對某事物很中意，很喜歡，就用「気に入りました」。

情境對話

A 昨日のレストランどうでしたか？

keyno－no　勒思偷啦嗯　兜－　爹吸他咖

ki.no.u.no. re.su.to.ra.n. do.u. de.shi.ta.ka.

昨天去的餐廳怎麼樣？

B クォリティは高いです。とても気に入りました。

括哩踢哇　他咖衣　爹思　偷貼謀　key你衣哩媽吸他

ku.o.ri.ti.wa. ta.ka.i. de.su. to.te.mo. ki.ni.i.ri.ma.shi.ta.

水準很高，我很喜歡。

住宿交通篇　詢問篇　購物篇　飲食篇　觀光景點篇　身體狀況篇　請求協助篇　**心情感受篇**　問候禮儀篇

悔しい

<ruby>悔<rt>く</rt></ruby>や

發音 哭呀吸ー
拼音 ku.ya.shi.i.
中譯 真是不甘心

說明

遇到了難以挽回的事情，要表示懊悔的心情，就用「悔しい」來表示。

情境對話

A はい、<ruby>武志<rt>たけし</rt></ruby>の<ruby>負<rt>ま</rt></ruby>け。

哈衣　他開吸no　媽開
ha.i. ta.ke.shi.no. ma.ke.
好，武志你輸了。

B わあ、<ruby>悔<rt>く</rt></ruby>しい！

哇ー　哭呀吸ー
wa.a. ku.ya.shi.i.
哇，好不甘心喔。

楽しかった
たの

發音 他no吸咖・他
拼音 ta.no.shi.ka.tta.
中譯 很開心

說明

「楽しかった」是用來表示愉快的經驗。這個字是過去式，也就是經歷了一件很歡樂的事或過了很愉快的一天後，會用這個字來向對方表示自己覺得很開心。

情境對話

A 北海道はどうでしたか？
ほっかいどう

吼・咖衣兜一哇　兜一爹吸他咖
ho.kka.i.do.u.wa.do.de.shi.ta.ka.
北海道的旅行怎麼樣呢？

B 景色もきれいだし、食べ物もおいしいし、楽しかったです。
けしき　　　　　　　　　　た　もの
たの

開吸key謀　key勒一搭吸　他背謀no謀　歐衣吸一吸　他no吸咖・他爹思
ke.shi.ki.mo.　ki.re.i.da.shi.ta.be.mo.no.mo.　o.i.shi.i.sita.no.shi.ka.tta.de.su.
風景很漂亮，食物也很好吃，玩得很開心。

Ⓐ そうですか？うらやましい。

搜一爹思咖　烏啦呀媽吸一

so.u.de.su.ka.u.ra.ya.ma.shi.i.

是嗎，真是令人羨慕呢！

恥ずかしい
<small>は</small>

發音　哈資咖吸一

拼音　ha.zu.ka.shi.i.

中譯　好丟臉

説明

用來表示害羞難為情之意。

情境對話

Ⓐ あれ、これ明子さんの卒業写真ですか？
<small>あきこ</small>　<small>そつぎょうしゃしん</small>

阿勒　口勒　阿key口撒嗯no 搜此個優一瞎吸嗯 爹
思咖

a.re.　ko.re.　a.ki.ko.sa.n.no.　so.tsu.gyo.u.sha.shi.n.
de.su.ka.

欸，你為什麼穿著睡衣？

Ⓑ あっ、恥ずかしい！
<small>は</small>

阿　哈資咖吸一

a.ha.zu.ka.shi.i.

啊！好丟臉啊！

すごい

發音	思狗衣
拼音	su.go.i.
中譯	真厲害

說　明

「すごい」一詞可以用在表示事情的程度很高，也可以用來稱讚人事物。

情境對話

A この指輪、自分で作ったんだ。

ロno瘀遍哇　基捕嗯爹　此哭・他嗯搭
ko.no.yu.bi.wa. ji.bu.n.de. tsu.ku.tta.n.da.
這戒指，是我自己做的喔！

B わあ、すごい！

哇一　思狗衣
wa.a. su.go.i.
哇，真厲害。

さすが

發音 撒思嘎
拼音 sa.su.ga.
中譯 真不愧是

說 明

　　當自己覺得對人、事、物感到佩服時，可以用來這句話來表示對方真是名不虛傳。

情境對話

Ⓐ 景色もきれいだし、食べ物もおいしいです。

開吸key謀　key勒一搭吸　他背謀no謀　歐衣吸
一　爹思

ke.shi.ki.mo.　ki.re.i.da.shi.ta.be.mo.no.mo.　o.i.
shi.i.　de.su.

風景很漂亮，食物也很好吃。

Ⓑ さすが日本一の名店です。

撒思嘎　你吼嗯衣漆no　妹一貼嗯爹思
sa.su.ga.　ni.ho.n.i.chi.no.　me.i.te.n.de.su.

真不愧是日本第一的名店。

よかった

發音 拼音 中譯 優咖・他
yo.ka.tta.
還好／好險

說　明

原本預想事情會有不好的結果，或是差點就鑄下大錯，但還好事情是好的結果，就可以用這個字來表示自己鬆了一口氣，剛才真是好險的意思。

情境對話

A 教室に財布を落としたんですが。

克優ー吸此你　撒衣夫喔　歐偷吸他嗯參思嘎
kyo.u.shi.tsu.ni. sa.i.fu.o. o.to.shi.ta.n.de.su.ga.
我的皮夾掉在教室裡了。

B この赤い財布ですか？

ロno阿咖衣　撒衣夫參思咖
ko.no.a.ka.i. sa.i.fu.de.su.ka.
是這個紅色的皮包嗎？

A はい、これです。よかった。

哈衣　ロ勒參思　優咖・他
ha.i. ko.re.de.su. yo.ka.tta.
對，就是這個。真是太好了。

track 120

さいこう 最高。

發音 撒衣ロー

拼音 sa.i.ko.u.

中譯 超級棒／最好的

說明

用來形容自己在自己的經歷中覺得非常棒、無與倫比的事物。除了有形的物品之外，也可以用來形容經歷、事物、結果等。

情境對話

A ここからのビューは最高（さいこう）ですね。

ロロ咖啦no逼瘀一哇　撒衣ロ一爹思內

ko.ko.ka.ra.no.byu.u.wa. sa.i.ko.u.de.su.ne.

從這裡看出去的景色是最棒的。

B そうですね。

搜一 爹思內

so.u. de.su.ne.

你說的沒錯。

素晴らしい
すば

發音 思巴啦吸一

拼音 su.ba.ra.shi.i.

中譯 真棒／很好

說　明

想要稱讚對方做得很好，或是遇到很棒的事物時，都可以「素晴らしい」來表示自己的激賞之意。

情境對話

A あの人の演奏はどうでしたか？
　　 ひと　　えんそう

阿nohe偷no せ嗯搜一哇 兜一 爹吸他咖

a.no.hi.to.no. e.n.so.u.wa. do.u. de.shi.ta.ka.

那個人的演奏功力如何？

B 素晴らしいの一言です。
　　すば　　　　ひとこと

思巴啦吸一no he偷口偷 爹思

su.ba.ra.shi.i.no. hi.to.ko.to. de.su.

只能説「很棒」。

ひどい

發音	he兜衣
拼音	hi.do.i.
中譯	真過份／很嚴重

說 明

當對方做了很過份的事，或說了十分傷人的話，要向對方表示抗議時，就可以用「ひどい」來表示。另外也可以用來表示事情嚴重的程度，像是雨下得很大，房屋裂得很嚴重之類的。

情境對話

A 人の悪口を言うなんて、ひどい！

he偷no　哇嚕哭漆喔　衣烏拿嗯貼　he兜衣
hi.to.no. wa.ru.ku.chi.o. i.u.na.n.te. hi.do.i.
說別人壞話真是太過份了。

B ごめん。

狗妹嗯
go.me.n.
對不起。

うるさい

發音 烏嚕撒衣
拼音 u.ru.sa.i.
中譯 很吵

說明

　　覺得很吵，深受噪音困擾的時候，可以用這句話來形容嘈雜的環境。另外當受不了對方碎碎念，這句話也有「你很吵耶!」的意思。

情境對話

A 音楽の音がうるさいです。静かにしてください。

　　歐嘎嘓哭no歐偷嘎　烏嚕撒衣爹思　吸資咖你吸貼　哭搭撒衣
　　o.n.ga.ku.no.o.to.ga. u.ru.sa.i.de.su. shi.zu.ka.ni. shi.te. ku.da.sa.i.
　　音樂聲實在是太吵了，請小聲一點。

B すみません。

　　思咪媽誰嗯
　　su.me.ma.se.n.
　　對不起。

がっかり

<small>發音</small> 嘎・咖哩

<small>拼音</small> ga.kka.ri.

<small>中譯</small> 真失望

說　明

對人或事感覺到失望的時候，可以用這個字來表現自己失望的情緒。

情境對話

Ⓐ 合格<ruby>ごうかく</ruby>できなかった。がっかり。

狗一咖哭　爹key拿咖・他　嘎・咖哩

go.u.ka.ku. de.ki.na.ka.tta. ga.kka.ri.

我沒有合格，真失望。

- -

Ⓑ また次<ruby>つぎ</ruby>の機会<ruby>きかい</ruby>があるから、元気<ruby>げんき</ruby>を出<ruby>だ</ruby>して。

媽他　此個衣nokey咖衣嘎　阿嚕咖啦　給嗯key喔　搭吸貼

ma.ta. tsu.gi.no.ki.ka.i.ga. a.ru.ka.ra. ge.n.ki.o.da.shi.te.

下次還有機會，打起精神來。

- -

仕方がない
しかた

發音 吸咖他嘎拿衣

拼音 shi.ka.ta.ga.na.i.

中譯 沒辦法

說明

遇到了沒辦法解決，或是沒得選擇的情況時，可以用這句話表示「沒輒了」、「沒辦法了」。不得已要順從對方時，也可以用這句話來表示。

情境對話

A できなくて、ごめん。

爹key拿哭貼　狗妹嗯
de.ki.na.ku.te. go.me.n.
對不起，我沒有辦到。

B 仕方がないよね、素人なんだから。
しかた　　　　　しろうと

吸咖他嘎　拿衣優內　吸摟烏偷　拿嗯搭咖啦
shi.ka.ta.ga. na.i.yo.ne. shi.ro.u.to. na.n.da.ka.ra.
沒辦法啦，你是外行人嘛！

大変
たいへん

發音 他衣嘿嗯

拼音 ta.i.he.n.

中譯 真糟／難為你了

說　明

在表示事情的情況變得很糟，事態嚴重時，可以用使用這個字。另外在聽對方慘痛的經歷時，也可以用這個字，來表示同情之意。

情境對話

A 携帯を落としてしまいました。
けいたい お

開一他衣喔 歐偷吸貼 吸媽衣媽吸他
ke.i.ta.i.o. o.to.shi.te. shi.ma.i.ma.shi.ta.
我的手機掉了。

B あら、大変ですね。
たいへん

阿啦 他衣嘿嗯 爹思內
a.ra. ta.i.he.n. de.su.ne.
唉呀，太糟糕了。

しまった

發音 吸媽・他

拼音 shi.ma.tta.

中譯 糟了

說明

做了一件錯事，或是發現忘了做什麼時，可以用這個字來表示。相當於中文裡面的「糟了」、「完了」。

情境對話

A しまった！カギを忘れちゃった。

吸媽・他 咖個衣喔 哇思勒掐・他

shi.ma.tta. ka.gi.o. wa.su.re.cha.tta.

完了，我忘了帶鑰匙。

B えっ？うそ！

せ 烏搜

e. u.so.

什麼？不會吧！

住宿交通篇 詢問篇 購物篇 飲食篇 觀光景點篇 身體狀況篇 請求協助篇 **心情感受篇** 問候禮儀篇

遅い
おそ

發音 歐搜衣

拼音 o.so.i.

中譯 遲了／真慢

（說　明）

當兩人相約，對方遲到時，可以用「遅い！」來抱怨對方太慢了。而當這個字用來表示事物的時候，則是表示時間不早了，或是後悔也來不及了的意思。

（情境對話）

Ⓐ 子供のころ、もっと勉強しておけばよかった。
こども　　　　　　べんきょう

口兜謀no　口搜　謀・偷　背嗯克優－吸貼　歐
開巴　優咖・他

ko.do.mo.no.　ko.ro.　mo.tto.　be.n.kyo.u.shi.te.　o.
ke.ba.　yo.ka.tta.

要是小時候用功點就好了。

Ⓑ そうだよ、年をとってから後悔しても遅い。
とし　　　　　こうかい　　　おそ

搜－搭優　偷吸喔　偷・貼咖啦　ロー咖衣　吸
貼謀　歐搜衣

so.u.da.yo.　to.shi.o.　to.tte.ka.ra.　ko.u.ka.i.　shi.te.
mo.　o.so.i.

對啊，這把年紀了再後悔也來不及了。

かわいそう

發音 咖哇衣捜ー
拼音 ka.wa.i.so.u.
中譯 真可憐

說 明

「かわいそう」是可憐的意思，用來表達同情。「かわいい」和「かわいそう」念起來雖然只差一個音，但意思卻是完全相反。「かわいい」指的是很可愛，「かわいそう」卻是覺得對方可憐，可別搞錯囉!

情境對話

A 今日も残業だ。

克優ー謀　紫嗯哥優ー搭
kyo.u.mo. za.n.gyo.u.da.
今天我也要加班。

B かわいそうに。無理しないでね。

咖哇衣捜ー你　母哩　吸拿衣爹内
ka.wa.i.so.u.ni. mu.ri. shi.na.i.de.ne.
真可憐，不要太勉強喔!

残念です
<ruby>残<rt>ざんねん</rt></ruby>念です

發音 紮嗯內嗯爹思

拼音 za.n.ne.n.de.su.

中譯 可惜

說 明

要表達心中覺得可惜之意時，用「残念」來說明心中的婉惜的感覺。

情境對話

Ⓐ <ruby>明日<rt>あした</rt></ruby>行けなくなりました。

阿吸他 衣開拿哭 拿哩媽吸他

a.shi.ta. i.ke.na.ku. na.ri.ma.shi.ta.

我明天不能去了。

Ⓑ そうですか？それは<ruby>残念<rt>ざんねん</rt></ruby>です。

搜一 爹思咖 搜勒哇 紮嗯內嗯爹思

so.u. de.su.ka. so.re.wa. za.n.ne.n.de.su.

是嗎，那真是太可惜了。

びっくりした

發音 遍・哭哩吸他
拼音 bi.kku.ri.shi.ta.
中譯 嚇一跳

說明

這個字是「嚇一跳」的意思。被人、事、物嚇了一跳時，可以說「びっくりした」來表示內心的驚訝。

情境對話

Ⓐ サプライズ！お誕生日おめでとう！

撒撲啦衣資　歐他嗯糾一遍　歐妹爹偷一
sa.pu.ra.i.zu. o.ta.n.jo.u.bi. o.me.de.to.u.
大驚喜！生日快樂！

Ⓑ わ、びっくりした。ありがとう。

哇　遍・哭哩吸他　阿哩嘎偷一
wa. bi.kku.ri.shi.ta.a.ri.ga.to.u.
哇，嚇我一跳。謝謝你。

住宿交通篇

詢問篇

購物篇

飲食篇

觀光景點篇

身體狀況篇

請求協助篇

心情感受篇

問候禮儀篇

感動しました
かんどう

發音	咖嗯兜一　吸媽吸他
拼音	ka.n.do.u.　shi.ma.shi.ta.
中譯	很感動

說　明

「感動」是感動的意思，遇到感動的人事物時，可以用「感動しました」來表示心情。

情境對話

A この曲、泣けますね。

　　ロno克優哭　拿開媽思內
　　ko.no.kyo.ku.　na.ke.ma.su.ne.
　　這首歌好感人喔。

B そうですね。歌詞に感動しました。

　　搜一爹思內　咖吸你　咖嗯兜一　吸媽吸他
　　so.u.de.su.ne.　ka.shi.ni.　ka.n.do.u.　shi.ma.shi.ta.
　　對啊。歌詞很讓人感動。

しんぱい
心配

發音	吸嗯趴衣
拼音	shi.n.pa.i.
中譯	擔心

說　明

詢問對方的情形、覺得擔心或是對事情不放心的時候，可以用這個關鍵詞來表示心中的感受。

情境對話

Ⓐ 体の調子は大丈夫ですか？

咖啦搭no　秋－吸哇　搭衣糾－捕　爹思咖
ka.ra.da.no.　cho.u.shi.wa.　da.i.jo.u.bu.　de.su.ka.
身體還好嗎？

Ⓑ 心配しないで。もう大分よくなりました。

吸嗯趴衣吸拿衣爹　謀－　搭衣捕　優哭拿哩媽
吸他
shi.n.pa.i.shi.na.i.de.　mo.u.　da.i.bu.　yo.ku.na.ri.ma.
shi.ta.
別擔心，已經好多了。

やめてください

發音 呀妹貼哭搭撒衣
拼音 ya.me.te.ku.da.sa.i.
中譯 請停止

說　明

　　要對方停止再做一件事的時候，可以用這個字來制止對方。但是通常會用在平輩或晚輩身上，若是對尊長說的時候，則要說「勘弁してください」。

情境對話

Ⓐ 危ないですから、やめてください。

阿捕拿衣 爹思咖啦 呀妹貼 哭搭撒衣
a.bu.na.i. de.su.ka.ra. ya.me.te. ku.da.sa.i.
太危險了，請停止。

Ⓑ すみません。

思咪媽誰嗯
su.mi.ma.se.n.
對不起。

かっこういい

發音 咖・ロー衣ー
拼音 ka.kko.u.i.i.
中譯 帥／有個性／棒

說明

「かっこう」可以指外型、動作，也可以指人的性格、個性。無論是形容外在還是內在，都可以用這個詞來說明。也可以說「かっこいい」。

情境對話

Ⓐ 見て、最近買った時計。

咪貼　撒衣key嗯咖・他　偷開ー
mi.te. sa.i.ki.n.ka.tta.　to.ke.i.
你看！我最近買的手錶。

Ⓑ かっこういい！

咖・ロー衣ー
ka.kko.u.i.i.
好酷喔！

住宿交通篇　詢問篇　購物篇　飲食篇　觀光景點篇　身體狀況篇　請求協助篇　心情感受篇　問候禮儀篇

迷っている
_{まよ}

發音	媽優・貼衣嚕
拼音	ma.yo.tte.i.ru.
中譯	很猶豫

說　明

「迷っている」是迷惘的意思，也就是對於要選擇什麼感到很猶豫。

情境對話

Ⓐ 何を食べたいですか？
_{なに}　　_た

拿你喔　他背他衣　爹思咖
na.ni.o. ta.be.ta.i. de.su.ka.
你想吃什麼。

Ⓑ うん、迷っているんですよ。
　　　_{まよ}

鳥嗯　媽優・貼衣嚕嗯爹思優
u.n. ma.yo.tte.i.ru.n.de.su.yo.
嗯，我正在猶豫。

してみたい

發音 吸貼咪他衣

拼音 shi.te.mi.ta.i.

中譯 想試試

說明

表明對某件事躍躍欲試的狀態，可以用「してみたい」來表示自己想要參與。

情境對話

A 一人旅をしてみたいなあ。

he偷哩他逼喔　吸貼咪他衣拿－

hi.to.ri.ta.bi.o. shi.te.mi.ta.i.na.a.

想試試看一個人旅行。

B わたしも。

哇他吸謀

wa.ta.shi.mo.

我也是。

急がなくちゃ

發音	衣搜嘎拿哭掐
拼音	i.so.ga.na.ku.cha.
中譯	要快點才行

說　明

「急がなくちゃ」表示不快不行了。當時間不夠的時候，可以用這句話來表示著急的心情。

情境對話

A もう七時だ！

謀一　吸漆基搭
mo.u.　shi.chi.ji.da.
已經七點了！

B あらっ、大変！急がなくちゃ。

阿啦　他衣嘿嗯　衣搜嘎拿哭掐
a.ra.　ta.i.he.n.　i.so.ga.na.ku.cha.
啊，糟了！要快點才行。

<ruby>危<rt>あぶ</rt></ruby>ない！

發音 阿捕拿衣

拼音 ba.bu.na.i.

中譯 危險！／小心！

（說　明）

　　遇到危險的狀態的時候，用這個字可以提醒對方注意。另外過去式的「危なかった」也有「好險」的意思，用在千鈞一髪的狀況。

（情境對話）

Ⓐ <ruby>危<rt>あぶ</rt></ruby>ないよ、<ruby>近寄<rt>ちかよ</rt></ruby>らないで。

阿捕拿衣優　漆咖優啦拿衣爹

a.bu.na.i.yo. chi.ka.yo.ra.na.i.de.

很危險，不要靠近。

Ⓑ <ruby>分<rt>わ</rt></ruby>かった。

哇咖・他

wa.ka.tta.

我知道了。

おもしろかった

發音 歐謀吸攫咖・他
拼音 o.mo.shi.ro.ka.tta.
中譯 很有趣

說　明

　　「おもしろい」是有趣、好笑或是内容吸引人的意思，用過去式「おもしろかった」，則是表示看過之後的感想。

情境對話

A 昨日の映画どうだった？

　　keyno－no　せ一咖　兜一搭・他
　　ki.no.u.no. e.i.ga. do.u.da.tta.
　　昨天的電影怎麼樣？

B おもしろかった。いっぱい笑った。

　　歐謀吸攫咖・他　衣・趴衣　哇啦・他
　　o.mo.shi.ro.ka.tta. i.ppa.i. wa.ra.tta.
　　很有趣，笑個不停。

かわいい

發音 咖哇衣ー

拼音 ka.wa.i.i.

中譯 可愛

說明

形容人事物可愛，就用「かわいい」來表示。

情境對話

A ね、このスカートどう？

內 口no 思咖ー偷 兜ー

ne. ko.no. su.ka.a.to. do.u.

你看，這件裙子怎麼樣？

B うわ、かわいい。

烏哇 咖哇衣ー

u.wa. ka.wa.i.i.

哇，好呵愛。

問候禮儀篇

はじめまして

發音 哈基妹媽吸貼
拼音 ha.ji.me.ma.shi.te.
中譯 初次見面

(說　明)

「はじめまして」用於和人初次見面和人打招呼時，表示「初次見面，請多指教」。

(情境對話)

A はじめまして、田中と申します。

哈基妹媽吸貼　他拿咖偷　謀一吸媽思
ha.ji.me.ma.shi.te.　ta.na.ka.to.　mo.u.shi.ma.su.
初次見面，敝姓田中。

B はじめまして、山本と申します。どうぞよろしくお願いします。

哈基妹媽吸貼　呀媽謀偷偷　謀一吸媽思　兜一走　優撥吸哭　歐內嘎衣吸媽思
ha.ji.me.ma.shi.te.　ya.ma.mo.to.to.　mo.u.shi.ma.su.　do.u.zo.u.　yo.ro.shi.ku.　o.ne.ga.i.shi.ma.su.
初次見面，敝姓山本，請多指教。

A こちらこそ、よろしくお願いします。

口漆啦口搜　優撥吸哭　歐內嘎衣吸媽思
ko.chi.ra.ko.so.　yo.ro.shi.ku.　o.ne.ga.i.shi.ma.su.
我也是，請多多指教。

すみません

発音 思咪媽誰嗯
拼音 su.mi.ma.se.n.
中譯 不好意思／謝謝

説明

「すみません」也可説成「すいません」，無論是在表達歉意、向人開口攀談、甚至是表達謝意時，都可以用「すみません」一句話來表達自己的心意。

情境對話

Ⓐ あのう、すみませんが、手荷物はどこで受け取るんですか？

阿no— 思咪媽誰嗯嘎　貼你謀此哇　兜口爹鳥開偷嚕嗯　爹思咖

a.no.u.　su.mi.ma.se.n.ga.　te.ni.mo.tsu.wa.　do.ko.de.　u.ke.to.ru.n.　de.su.ka.

不好意思，請問行李在哪裡拿呢？

Ⓑ どちらの飛行機で来たんですか？

兜漆啦no　heロ—key爹　key他嗯　爹思咖

do.chi.ra.no.　hi.ko.u.ki.de.　ki.ta.n.de.su.ka.

你是坐哪一班飛機？

ありがとう

發音 阿哩嘎偷一
拼音 a.ri.ga.to.u.
中譯 **謝謝**

(說　明)

　　向人道謝時，若對方比自己地位高，可以用「ありがとうございます」。而一般的朋友或是後輩，則是說「ありがとう」即可。

(情境對話)

A 搭乗手続きはどこでするのですか？

偷一糾一貼此資key哇 兜口爹 思嚕no 爹思咖
to.u.jo.u.te.tsu.zu.ki.wa.　do.ko.de.　su.ru.no.　de.su.
ka.
登機報到手續在哪裡辦理？

B 3番カウンターです。

撒嗯巴嗯咖烏嗯他一 爹思
sa.n.ba.n.　ka.u.n.ta.a.　de.su.
3號櫃檯。

A ありがとう。

阿哩嘎偷一
a.ri.ga.to.u.
謝謝。

ごめん

發音	狗妹嗯
拼音	go.me.n.
中譯	對不起

說明

　　「ごめん」也可以說「ごめんなさい」，這句話和「すみません」比起來，較不正式。通常用於朋友、家人間。若是不小心撞到別人，或是向人鄭重道歉時，還是要用「すみません」較為正式。

情境對話

Ⓐ カラオケに行かない？

咖啦歐開你　衣咖拿衣
ka.ra.o.ke.ni. i.ka.na.i.
要不要一起去唱卡拉ok？

Ⓑ ごめん、今日は用事があるんだ。

狗妹嗯　克優哇　優一基嘎　阿嚕嗯搭
go.me.n. kyo.u.wa. yo.u.ji.ga. a.ru.n.da.
對不起，我今天剛好有事。

許<ruby>ゆる</ruby>してください

發音 瘀嚕吸貼　哭搭撒衣
拼音 yu.ru.shi.te. ku.da.sa.i.
中譯 請原諒我

說明

「許す」是中文裡「原諒」的意思，加上了「ください」就是請原諒我的意思。若是不小心冒犯了對方，就立即用這句話道歉，請求對方原諒。

情境對話

Ⓐ まだ勉強中<ruby>べんきょうちゅう</ruby>なので、間違<ruby>まちが</ruby>っているかもしれませんが、許<ruby>ゆる</ruby>してくださいね。

媽搭　背嗯克優ー去ー拿no爹　媽漆嘎・貼衣嚕
咖謀吸勒媽誰嗯嘎　瘀魯吸貼　哭搭撒衣內
ma.da. be.n.kyo.u.chu.u.na.no.de. ma.chi.ga.tte.i.ru.
ka.mo.shi.re.ma.se.n.ga. yu.ru.shi.te. ku.da.sa.i.ne.
我還在學習，也許會有錯誤的地方，請見諒。

Ⓑ いいえ、こちらこそ。

衣ーせ　口漆啦口搜
i.i.e. ko.chi.ra.ko.so.
彼此彼此。

申し訳ありません

會話	謀一吸哇開阿哩媽誰嗯
拼音	mo.u.shi.wa.ke.a.ri.ma.se.n.
中譯	深感抱歉

說 明

想要鄭重表達自己的歉意，或者是向地位比自己高的人道歉時，只用「すみません」，會顯得誠意不足，應該要使用「申し訳ありません」、「申し訳ございません」，表達自己深切的悔意。

情境對話

A こちらは102号室です。エアコンの調子が悪いようです。

口漆啦哇　衣漆媽嚕你狗一吸此　爹思　せ阿口嗯no　秋一吸嘎　哇嚕衣優一爹思
ko.chi.ra.wa.　i.chi.ma.ru.ni.go.u.shi.tsu.　de.su.　e.a.ko.n.no.　cho.u.shi.ga.　wa.ru.i.yo.u.de.su.
這裡是102號房，空調好像有點怪怪的。

B 申し訳ありません。　ただいま点検します。

謀一吸哇開阿哩媽誰嗯　他搭衣媽　貼嗯開嗯吸媽思
mo.u.shi.wa.ke.a.ri.ma.se.n.　ta.da.i.ma.　te.n.ke.n.shi.ma.su.
真是深感抱歉，我們現在馬上去檢查。

気にしないでください

発音 key你吸拿衣爹　哭搭撒衣
拼音 ki.ni.shi.na.i.de.　ku.da.sa.i.
中譯 不用在意

說　明

當對方道歉時，請對方不要放在心上時，可以用「気にしないでください」來表示。

情境對話

A 返事が遅れて失礼しました。

嘿嗯基嘎　歐哭勒貼　吸此勒一吸媽吸他
he.n.ji.ga.　o.ku.re.te.　shi.tsu.re.i.shi.ma.shi.ta.
抱歉我太晚給你回音了。

B 大丈夫です。気にしないでください。

搭衣糾一捕爹思　key你吸拿衣爹　哭搭撒衣
da.i.jo.u.bu.de.su.　ki.ni.shi.na.i.de.　ku.da.sa.i.
沒關係，不用在意。

どういたしまして

兜一衣他吸媽吸貼

do.u.i.ta.shi.ma.shi.te.

不客氣

說明

幫助別人之後，當對方道謝時，要表示自己只是舉手之勞，就用「どういたしまして」來表示這只是小事一樁，何足掛齒。

情境對話

Ⓐ ありがとうございます。

阿哩嘎偷一　狗紫衣媽思
a.ri.ga.to.u. go.za.i.ma.su.
謝謝。

Ⓑ いいえ、どういたしまして。

衣一せ　兜一衣他吸媽吸貼
i.i.e. do.u.i.ta.shi.ma.shi.te.
不，不用客氣。

こちらこそ

発音 口漆啦口搜
拼音 ko.chi.ra.ko.so.
中譯 彼此彼此

（說　明）

　　當對方道謝或道歉時，可以用這句話來表現謙遜的態度，表示自己也深受對方照顧，請對方不用太在意。

（情境對話）

Ⓐ 今日はよろしくお願いします。

克優一哇　優攞吸哭　歐內嘎衣吸媽思
kyo.u.wa. yo.ro.shi.ku. o.ne.ga.i.shi.ma.su.
今天也請多多指教。

Ⓑ こちらこそ、よろしく。

口漆啦口搜　優攞吸哭
ko.chi.ra.ko.so. yo.ro.shi.ku.
彼此彼此，請多指教。

そんなことない

發音 搜嗯拿口偷拿衣

拼音 so.n.na.ko.to.na.i.

中譯 沒這回事

說明

「ない」有否定的意思。「そんなことない」就是「沒有這種事」的意思。在得到對方稱讚時，用來表示對方過獎了。或是否定對方的想法時，可以使用。

情境對話

A 英語がお上手ですね。

せー狗嘎　歐糾一資　爹思內

e.i.go.ga. o.jo.u.zu. de.su.ne.

你的英文説得真好。

- -

B いいえ、そんなことないですよ。

衣ーせ　搜嗯拿口偷　拿衣爹思優

i.i.e. so.n.na.ko.to. na.i.de.su.yo.

不，沒這回事。

- -

どうぞ

発音 兜－走

拼音 do.u.so.

中譯 請

說　明

　　這句話用在請對方用餐、自由使用設備時，希望對方不要有任何顧慮，儘管去做。

情境對話

A コーヒーをどうぞ。

ロ－he－喔　兜－走

ko.o.hi.i.o.　do.u.zo.

請喝咖啡。

B ありがとうございます。

阿哩嘎偷－　狗紫衣媽思

a.ri.ga.to.u.　go.za.i.ma.su.

謝謝。

どうも

發音 兜一謀

拼音 do.u.mo.

中譯 你好／謝謝

說明

　　和比較熟的朋友或是後輩，見面時可以用這句話來打招呼。向朋友表示感謝時，也可以用這句話。

情境對話

🅐 そこのお皿を取ってください。

搜口no　歐撒啦喔　偷‧貼　哭搭撒衣
so.ko.no.　o.sa.ra.o.　to.tte.　ku.da.sa.i.
可以幫我那邊那個盤子嗎？

🅑 はい、どうぞ。

哈衣　兜一走
ha.i.　do.u.zo.
在這裡，請拿去用。

🅐 どうも。

兜一謀
do.u.mo.
謝謝。

お世話になりました
せ わ

發音 歐誰哇你　拿哩媽吸他

拼音 o.se.wa.ni.　na.ri.ma.shi.ta.

中譯 受你照顧了

(說　明)

「お世話になりました」是用來感謝對方的幫忙與照顧。離開旅遊地可以使用這句話來表示對地主的感謝。

(情境對話)

Ⓐ 杉浦さん、この3日間はお世話になりました。大変助かりました。
すぎうら　　　　　　　みっかかん　　　　　せ わ
　　　　　　　　　　　　　　　　　　　　たいへんたす

思個衣烏啦撒嗯　口no咪・咖咖嗯哇　歐誰哇你
　拿哩媽吸他　他衣嘿嗯　他思咖哩媽吸他
su.gi.u.ra.sa.n.　ko.no.mi.kka.ka.n.wa.　o.se.wa.ni.
na.ri.ma.shi.ta.　ta.i.he.n.　ta.su.ka.ri.ma.shi.ta.

杉浦先生，這3天來受你照顧了。真是幫了我大忙。

- -

Ⓑ いいえ、どういたしまして。

衣一せ　兜一衣他吸媽吸貼
i.i.e.　do.u.i.ta.sh.ma.shi.te.

不，別客氣。

住宿交通篇　詢問篇　購物篇　飲食篇　觀光景點篇　身體狀況篇　請求協助篇　心情感受篇　問候禮儀篇

295 ●

偶然ですね
（ぐうぜん）

發音	古一賊嗯　爹思內
拼音	gu.u.ze.n.　de.su.ne.
中譯	還真是巧呢

說　明

「偶然」是巧合的意思。「偶然ですね」可以用於碰巧遇到人事物的時候，表示「真巧」。

情境對話

Ⓐ あれ？北川さん。
（きたがわ）

　　阿勒　key他嘎哇撒嗯
　　a.re.　ki.ta.ga.wa.sa.n.
　　咦，北川先生？

Ⓑ あ、田中さん。
（たなか）

　　阿　他拿咖撒嗯
　　a.　ta.na.ka.sa.n.
　　啊，是田中先生。

Ⓐ 偶然ですね。
（ぐうぜん）

　　古一賊嗯　爹思內
　　gu.u.ze.n.　de.su.ne.
　　還真是巧呢。

予約した田中です

發音 優呀哭　吸他　他拿咖　爹思

拼音 yo.ya.ku.　shi.ta.　ta.na.ka.　de.su.

中譯 我姓田中，有預約

說明

　　名字加上「です」可以用於表示自己的姓名或身份。「予約した」是已經預約的意思。進入餐廳或是飯店，可以用「予約した田中です」說明自己是已經預約的客人。句尾加上「が」，則可以讓口氣更婉轉。

情境對話

A いらっしゃいませ。

衣啦・暗衣媽誰
i.ra.ssha.i.ma.se.
歡迎光臨。

- -

B 予約した田中ですが。

優呀哭　吸他　他拿咖　爹思嘎
yo.ya.ku.　shi.ta.　ta.na.ka.　de.su.ga.
我姓田中，有預約。

- -

こんにちは

發音 口嗯你漆哇
拼音 ko.n.ni.chi.wa
中譯 你好

說　明

　　相當於中文中的「你好」。是除了早安和晚安之外，較常用的打招呼用語。

情境對話

Ⓐ こんにちは。

　　口嗯你漆哇
　　kon.ni.chi.wa.
　　你好。

Ⓑ こんにちは、いい天気ですね。

　　口嗯你漆哇　衣－貼嗯key　爹思内
　　kon.ni.chi.wa. i.i.te.n.ki de.su.ne.
　　你好，今天天氣真好呢！

おはよう

發音 歐哈優一
拼音 o.ha.yo.u.
中譯 早安

說明

　　在早上遇到人時都可以用「おはようございます」來打招呼，較熟的朋友可以只說「おはよう」。另外在職場上，當天第一次見面時，就算不是早上，也可以說「おはようございます」。

情境對話

Ⓐ おはようございます。

歐哈優一　狗紫衣媽思
o.ha.yo.u. go.za.i.ma.su.
早安。

Ⓑ おはよう。今日も暑いね。

歐哈優一　克優謀　阿此衣內
o.ha.yo.u. kyo.u.mo. a.tsu.i.ne.
早安。今天還是很熱呢！

こんばんは

發音 ロ嗯巴嗯哇
拼音 ko.n.ba.n.wa.
中譯 晚上好

說　明

　　「こんばんは」是晚上好的意思。在傍晚和晚上打招呼時使用。

情境對話

🅰 こんばんは。いらっしゃいませ。

ロ嗯巴嗯哇　衣啦・瞎衣媽誰
ko.n.ba.n.wa.　i.ra.ssha.i.ma.se.
晚上好，歡迎光臨。

- -

🅱 チェックインお願いします。

切・哭衣嗯　歐內嘎衣　吸媽思
che.kku.i.n.　o.ne.ga.i.　shi.ma.su.
我要check-in。

おやすみ

發音 歐呀思咪
拼音 o.ya.su.mi.
中譯 晚安

說 明

晚上睡前向家人道晚安，祝福對方也有一夜好眠。

情境對話

A 眠いから 先に寝るわ。

內咪衣咖啦 撒key你 內嚕哇
ne.mu.i.ka.ra. sa.ki.ni. ne.ru.wa.
我想睡了，先去睡囉。

B うん、おやすみ。

烏嗯 歐呀思咪
u.n. o.ya.su.mi.
嗯，晚安。

お元気ですか

發音 歐給嗯key爹思咖

拼音 o.ge.n.ki.de.su.ka.

中譯 近來好嗎

（說　明）

在遇到許久不見的朋友時可以用這句話來詢問對方的近況。但若是經常見面的朋友，則不會使用這句話。

（情境對話）

Ⓐ 田口さん、久しぶりです。お元気ですか？

他古漆撒嗯　he撒吸捕哩爹思　歐給嗯key爹思咖
ta.gu.chi.sa.n.　hi.sa.shi.bu.ri.de.su.　o.ge.n.ki.de.su.
ka.

田口先生，好久不見了。近來好嗎？

- -

Ⓑ ええ、おかげさまで 元気です。鈴木さん
は？

せー　歐咖給撒媽爹　給嗯key爹思　思資key撒
嗯哇
e.e.　o.ka.ge.sa.ma.de.　ge.n.ki.de.su.　su.zu.ki.sa.n.
wa.

嗯，託你的福，我很好。鈴木先生你呢？

- -

行ってきます

發音 衣・貼key媽思

拼音 i.tte.ki.ma.su.

中譯 我要出門了

說明

在出家門前，或是公司的同事要出門處理公務時，都會說「行ってきます」，告知自己要出門了。另外參加表演或比賽時，上場前也會說這句話喔!

情境對話

Ⓐ じゃ、行ってきます。

咖　衣・貼key媽思

ja. i.tte.ki.ma.su.

那麼，我要出門了。

Ⓑ 行ってらっしゃい。

衣・店啦・瞎衣

i.tte.ra.ssha.i.

慢走。

行ってらっしゃい

發音 衣・貼啦・瞎衣
拼音 i.tte.ra.ssha.i.
中譯 請慢走。

說 明

聽到對方說「行ってきます」的時候，我們就要說「行ってらっしゃい」表示祝福之意。

情境對話

Ⓐ 行ってきます。

衣・貼key媽思
i.tte.ki.ma.su.
我要出門了。

Ⓑ 行ってらっしゃい。気をつけてね。

衣・貼啦・瞎衣　key喔此開貼內
i.tte.ra.ssha.i. ki.o.tsu.ke.te.ne.
請慢走。路上小心喔！

ただいま

發音	他搭衣媽
拼音	ta.da.i.ma.
中譯	我回來了

說明

從外面回到家中或是公司時，會說這句話來告知大家自己回來了。另外，回到久違的地方，也可以說「ただいま」。

情境對話

A ただいま。

他搭衣媽
ta.da.i.ma.
我回來了。

B お帰りなさい。

歐咖世哩拿撒衣
o.ka.e.ri.na.sa.i.
歡迎回來。

住宿交通篇 詢問篇 購物篇 飲食篇 觀光景點篇 身體狀況篇 請求協助篇 心情感受篇 問候禮儀篇

305

また

發音 媽他

拼音 ma.ta.

中譯 下次見

說明

這句話多半使用在和較熟識的朋友道別的時候，另外在通mail或簡訊時，也可以用在最後，當作「再聯絡」的意思。另外也可以說「では、また」。

情境對話

Ⓐ じゃ、またね。

加　媽他內

ja. ma.ta.ne.

那下次見囉！

Ⓑ また会いましょう。

加　媽他阿衣媽休－

ja. ma.ta.a.i.ma.sho.u.

有緣再會。

さようなら

發音 撒優一拿啦

拼音 sa.yo.u.na.ra.

中譯 再會

說　明

「さようなら」也可以說「さよなら」。多半是用在雙方下次見面的時間是很久以後，或者是其中一方要到遠方時。若是和經常見面的人道別，則是用「じゃ、また」就可以了。

情境對話

Ⓐ じゃ、また連絡しますね。

加　媽他　勒嗯啦哭吸媽思內

ja. ma.ta.　re.n.ra.ku.shi.ma.su.ne.

那麼，我會再和你聯絡的。

Ⓑ ええ、さようなら。

せー撒優一拿啦

e.e.　sa.yo.u.na.ra.

好的，再會。

失礼します
しつれい

發音 吸此勒－吸媽思

拼音 shi.tsu.re.i.shi.ma.su.

中譯 再見／抱歉

說明

當自己覺得懷有歉意，或者是可能會打擾對方時，可以用這句話來表示。而當自己要離開，或是講電話時要掛電話前，也可以用「失礼します」來表示再見。

情境對話

A これで失礼します。

口勒爹　吸此勒－吸媽思

ko.re.de. shi.tsu.re.i.shi.ma.su.

不好意思我先離開了。

B はい。ご苦労様でした。

哈衣　狗哭撈－撒媽　爹吸他

ha.i. go.ku.ro.u.sa.ma. de.shi.ta.

好的，辛苦了。

気をつけてね

発音 key喔此開貼內

拼音 i.o.tsu.ke.te.ne.

中譯 保重／小心

說明

通常用於道別的場合，請對方保重身體。另外在想要叮嚀、提醒對方的時候使用，這句話有請對方小心的意思。但也有「給我打起精神!」「注意!」的意思。

情境對話

Ⓐ じゃ、そろそろ帰ります。

加　搜攞搜攞　咖せ哩媽思
ja.so.ro.so.ro.　ka.e.ri.ma.su.
那麼，我要回去了。

- -

Ⓑ 暗いから気をつけてください。

哭啦衣咖啦　key喔此開貼　哭搭撒衣
ku.ra.i.ka.ra. ki.o.tsu.ke.te. ku.da.sa.i.
天色很暗，請小心。

- -

Ⓐ はい、ありがとう。また明日。

哈衣　阿哩嘎偷一　媽他　阿吸他
ha.i.a.ri.ga.to.u.ma.ta.　a.shi.ta.
好的，謝謝。明天見。

いらっしゃい

發音 衣啦・瞎衣
拼音 i.ra.ssha.i.
中譯 歡迎

說　明

　　到日本旅遊進到店家時，第一句聽到的就是這句話。而當別人到自己家中拜訪時，也可以用這句話表示自己的歡迎之意。

情境對話

Ⓐ いらっしゃいませ、ご注文は何ですか？

衣啦・瞎衣媽誰　狗去－謀嗯哇　拿嗯爹思咖
i.ra.ssha.i.ma.se. go.chu.u.mo.n.wa. na.n.de.su.ka.
歡迎光臨，請要問點些什麼？

Ⓑ チーズーバーガーのハッピーセットを1つください。

漆－資－巴－嘎－no　哈・披－誰・偷喔 he偷
此哭搭撒衣
chi.i.zu.u.ba.a.ga.a.no. ha.ppi.i.se.tto.o. hi.to.tsu.ku.
da.sa.i.
給我一份起士漢堡的快樂兒童餐。

恐れ入ります
おそ　い

發音 歐搜勒衣哩媽思

拼音 o.so.re.i.ri.ma.su.

中譯 抱歉／不好意思

（說　明）

　　這句話含有誠惶誠恐的意思，當自己有求於人，又怕對方正在百忙中無法抽空時，就會用這句話來表達自己實在不好意思之意。

（情境對話）

Ⓐ お休み中に恐れ入ります。
やす　ちゅう　おそ　い

　　歐呀思咪去一你　歐搜勒衣哩媽思
　　o.ya.su.mi.chu.u.ni. o.so.re.i.ri.ma.su.
　　不好意思，打擾你休息。

Ⓑ 何ですか？
なん

　　拿嗯爹思咖
　　na.n.de.su.ka.
　　有什麼事嗎？

結構です
けっこう

發音 開・口一爹思

拼音 ke.kko.u.de.su.

中譯 好的／不用了

說明

「結構です」有正反兩種意思，一種是表示「可以、沒問題」；但另一種意思卻是表示「不需要」，帶有「你的好意我心領了」的意思。所以當自己要使用這句話時，別忘了透過語調和表情、手勢等，讓對方了解你的意思。

情境對話

A よかったら、もう少し頼みませんか？

優咖・他啦　謀一思口吸　他no咪媽誰嗯咖
yo.ka.tta.ra. mo.u.su.ko.shi. ta.no.mi.ma.se.n.ka.
如果想要的話，要不要再多點一點菜呢？

B もう結構です。十分いただきました。

謀一開・口一爹思　居一捕嗯　衣他搭key媽吸他
mo.u.ke.kko.u.de.su. ju.u.bu.n. i.ta.da.ki.ma.shi.ta.
不用了，我已經吃很多了。

遠慮しないで
えんりょ

發音 せ嗯溜吸拿衣爹

拼音 e.n.ryo.shi.na.i.de.

中譯 不用客氣

說明

　「遠慮」是客氣、顧慮的意思，「遠慮しないで」就是要別人別客氣。若是委婉請求別人請勿做某件事，則是說「ご遠慮ください」。

情境對話

🅐 遠慮しないで、たくさん召し上がってくださいね。

　せ嗯溜吸拿衣爹　他哭撒嗯　妹吸阿嘎·貼　哭搭撒衣內

　e.n.ryo.shi.na.i.de.　ta.ku.sa.n.　me.shi.a.ga.tte.　ku.da.sa.i.ne.

　不用客氣，請多吃點。

- -

🅑 では、お言葉に甘えて。

　爹哇　歐口偷巴你　阿媽世貼

　de.wa.　o.ko.to.ba.ni.　a.ma.e.te.

　那麼，我就恭敬不如從命。

お待たせ

發音 欧媽他誰
拼音 o.ma.ta.se.
中譯 久等了

說 明

　　當朋友相約，其中一方較晚到時，就可以說「お待たせ」。而在比較正式的場合，比如說是面對客戶時，無論對方等待的時間長短，還是會說「お待たせしました」，來表示讓對方久等了，不好意思。

情境對話

Ⓐ ごめん、お待たせ。

狗妹嗯　欧媽他誰
go.me.n. o.ma.ta.se.
對不起，久等了。

Ⓑ ううん、行こうか？

烏ー嗯　衣口ー咖
u.u.n. i.ko.u.ka.
不會啦！走吧。

とんでもない

發音 偷嗯爹謀拿衣

拼音 to.n.de.mo.na.i.

中譯 哪兒的話／過獎了／不合情理

說　明

　　這句話是用於表示謙虛。當受到別人稱讚時，回答「とんでもないです」，就等於是中文的「哪兒的話」。而當自己接受他人的好意時，則用這句話表示自己沒有好到可以接受對方的盛情之意。

情境對話

Ⓐ これ、つまらない物ですが。

口勒　此媽啦拿衣　謀no爹思嘎

ko.re. tsu.ma.ra.na.i.　mo.no.de.su.ga.

送你，這是一點小意思。

- - - - - - - - - - - - - - - - - - - -

Ⓑ お礼をいただくなんてとんでもないことです。

歐勒一喔　衣他搭哭拿嗯貼　偷嗯爹謀拿衣　口偷爹思

o.re.i.o.　i.ta.da.ku.na.n.te.　to.n.de.mo.na.i.　ko.to.de.su.

怎麼能收你的禮？真是太不合情理了啦！

- - - - - - - - - - - - - - - - - - - -

もしもし

發音 謀吸謀吸
拼音 mo.shi.mo.shi.
中譯 喂

說明

當電話接通時所講的第一句話，用來確認對方是否聽到了。

情境對話

Ⓐ もしもし、聞こえますか？

謀吸謀吸　keyロせ媽思咖
mo.shi.mo.shi. ki.ko.e.ma.su.ka.
喂，聽得到嗎？

Ⓑ ええ、どなたですか？

せー　兜拿他　爹思咖
e.e. do.na.ta. de.su.ka.
嗯，聽得到。請問是哪位？

はい

發音	哈衣
拼音	ha.i.
中譯	好／是

說明

在對長輩說話，或是在較正式的場合裡，用「はい」來表示同意的意思。另外也可以表示「我在這」、「我就是」。

情境對話

Ⓐ あの人は桜井さんですか？

阿nohe偸哇　撒哭啦衣撒嗯　爹思咖
a.no.hi.to.wa. sa.ku.ra.i.sa.n. de.su.ka.

那個人是櫻井先生嗎？

Ⓑ はい、そうです。

哈衣　搜ー爹思
ha.i. so.u.de.su.

嗯，是的。

いいえ

發音	衣ー世
拼音	i.i.e.
中譯	不好／不是

說 明

在正式的場合，否認對方所說的話時，用「いいえ」來表達自己的意見。

情境對話

Ⓐ もう食べましたか？

謀ー　他背媽吸他咖

mo.u.　ta.be.ma.shi.ta.ka.

你吃了嗎？

Ⓑ いいえ、まだです。

衣ー世　媽搭爹思

i.i.e.　ma.da.de.su.

不，還沒。

えっと

發音	せ・偷
拼音	e.tto.
中譯	呃…

說明

　　回答問題的時候，如果還需要一些時間思考，日本人通常會用重複一次問題，或是利用一些詞來延長回答的時間，像是「えっと」「う～ん」之類的，都可以在思考問題時使用。

情境對話

Ⓐ 全部でいくら？

　　賊嗯捕爹　衣哭啦
　　se.n.bu.de.　i.ku.ra.
　　全部多少錢？

Ⓑ えっと、3000円くらいかな。

　　せ・偷　撒嗯賊嗯嗯せ嗯　哭啦衣咖拿
　　e.tto.　sa.n.ze.n.e.n.ku.ra.i.ka.na.
　　呃…，大概三千日元左右吧。

わたしも

發音 哇他吸謀
拼音 wa.ta.shi.mo.
中譯 我也是

說明

「も」這個字是「也」的意思，當人、事、物有相同的特點時，就可以用這個字來表現。

情境對話

A 昨日海へ行ったんだ。

keyno－ 鳥咪せ 衣・他嗯搭
ki.no.u. u.mi.e. i.tta.n.da.
我昨天去了海邊。

B 本当？わたしも行ったよ。

吼嗯偷－ 哇他吸謀 衣・他優
ho.n.to.u. wa.ta.shi.mo. i.tta.yo.
真的嗎？我昨天也去了耶！

とにかく

發音 偷你咖哭

拼音 to.ni.ka.ku.

中譯 總之

說 明

　　在遇到困難或是複雜的狀況時，要先做出適當的處置時，就會用「とにかく」。另外在表達事物程度時，也會用到這個字，像是「とにかく寒い」，就是表達出「不管怎麼形容，總之就是很冷」的意思。

情境對話

A 田中さんは用事があって今日は来られないそうだ。

他拿咖撒嗯哇　優一基嘎　阿・貼　克優一哇
口啦勒拿衣　搜一搭
ta.na.ka.sa.wa. yo.u.ji.ga. a.tte. kyo.u.wa. ko.ra.re.na.i. so.u.da.

田中先生今天好像因為有事不能來了。

- -

B とにかく昼まで待ってみよう。

偷你咖哭　he嚕媽爹　媽・貼　咪優一
to.ni.ka.ku. hi.ru.ma.de. ma.tte. mi.yo.u.

總之我們先等到中午吧。

- -

そうだ

發音 搜一搭
拼音 so.u.da.
中譯 **對了／就是說啊**

說明

　　突然想起某事時，可以用「そうだ」來表示自己忽然想起了什麼。另外，當自己同意對方所說的話時，也可以用這句話來表示贊同。

情境對話

A あ、そうだ。プリン買うのを忘れちゃった。

　阿　搜一搭　撲哩嗯　咖烏no喔　哇思勒掐・他
　a.so.u.da. pu.ri.n. ka.u.no.o. wa.su.re.cha.tta.
　啊，對了。我忘了買布丁了。

B じゃあ、買ってきてあげるわ。

　加一　咖・貼key貼　阿給魯哇
　ja.a. ka.tte.ki.te. a.ge.ru.wa.
　那我去幫你買吧。

あれっ

發音	阿勒
拼音	a.re.
中譯	咦?

說明

突然發現什麼事情,心中覺得疑惑的時候,會用這句話來表示驚訝。

情境對話

Ⓐ あれっ、1個足りない。

阿勒　衣・口他哩拿衣
a.re. i.kko. ta.ri.na.i.
咦?還少1個。

Ⓑ 本当だ。

吼嗯偷一搭
ho.n.to.u.da.
真的耶。

さあ

撒—

sa.e.

天曉得／我也不知道

說明

當對方提出疑問, 但自己也不知道答案是什麼的時候, 可以一邊歪著頭, 一邊說「さあ」, 表示自己也不懂。

情境對話

A 山田さんはどこへ行きましたか？

呀媽搭撒嗯哇 兜ロせ 衣key媽吸他咖

ya.ma.da.sa.n.wa. do.ko.e. i.ki.ma.shi.ta.ka.

山田小姐去哪裡了？

B さあ。

撒—

sa.

我也不知道。

背包客的菜日文自由行

親愛的顧客您好，感謝您購買這本書。即日起，填寫讀者回函卡寄回至本公司，我們每月將抽出一百名回函讀者，寄出精美禮物並享有生日當月購書優惠！想知道更多更即時的消息，歡迎加入"永續圖書粉絲團"您也可以選擇傳真、掃描或用本公司準備的免郵回函寄回，謝謝。

傳真電話：（02）8647-3660　　　　電子信箱：yungjiuh@ms45.hinet.net

姓名：		性別：	□男　□女
出生日期：　　年　　月　　日		電話：	
學歷：		職業：	
E-mail：			
地址：□□□			
從何處購買此書：		購買金額：	元
購買本書動機：□封面 □書名 □排版 □內容 □作者 □偶然衝動			
你對本書的意見： 內容：□滿意□尚可□待改進　　編輯：□滿意□尚可□待改進 封面：□滿意□尚可□待改進　　定價：□滿意□尚可□待改進			
其他建議：			

剪下後傳真、掃描或寄回至「221103新北市汐止區大同路3段194號9樓之1雅典文化收」

總經銷：永續圖書有限公司

永續圖書線上購物網
www.foreverbooks.com.tw

您可以使用以下方式將回函寄回。

您的回覆，是我們進步的最大動力，謝謝。

① 使用本公司準備的免郵回函寄回。

② 傳真電話：（02）8647-3660

③ 掃描圖檔寄到電子信箱：

　　yungjiuh@ms45.hinet.net

沿此線對折後寄回，謝謝。

廣 告 回 信

基隆郵局登記證

基隆廣字第056號

2 2 1 - 0 3

 雅典文化事業有限公司　收

新北市汐止區大同路三段194號9樓之1